Melanie Hinz

Durch den Sommerregen

1. Auflage Juni 2013

Coverfoto: Shutterstock
Gestaltung/Satz: Melanie Hinz
Lektorat:: Melanie Reichert

E-Mail: hinz.melanie@gmx.net
http://www.melanie-hinz.de/

1.

Dieser Frühsommer ist mein persönlicher Alptraum. Jedes Wochenende eine andere Hochzeit. Mit Ende 20 scheinen sämtliche Bekannten und Arbeitskollegen von mir das noch schnell hinter sich bringen zu wollen. All das Glück, die Herzchen und fröhlichen Gesichter. Bei mir führt es zu Übelkeit.

Mein Gesicht schmerzt vom ganzen gezwungenen Lächeln. Nur meine gutmütige Natur hält mich davon ab, einen bissigen Kommentar nach dem anderen abzugeben. In meinem Kopf hasse ich jeden Moment dieser Veranstaltung. Die einzige Erleichterung bringt mir der Gedanke, dass das die letzte Einladung war.

„In einer halben Stunde wirft Christina den Brautstrauß, bevor sie sich auf den Weg in die Flitterwochen machen. Danach können wir ganz dezent verschwinden“, flüstert mir meine Kollegin Stefanie zu. Sie ist meine Verbündete am Singletisch. Zwischen Christinas merkwürdigen Cousins und verwitweten Tanten ist sie die einzige, mit der ich ein normales Gespräch führen kann, ohne das Bedürfnis zu haben, meinen Kopf auf die Tischplatte schlagen zu müssen.

„Gott sei Dank. Ich muss dringend aus diesen Schuhen raus. Und wenn Marko mir noch einmal seine verschwitze Pranke auf die Schulter legt, dann macht sein Gesicht Bekanntschaft mit meinem Ellbogen“, flüstere ich zurück.

Natürlich würde ich niemals eine Szene veranstalten, aber die Verlockung ist groß. Warum manche Männer glauben, ein fehlender Ehering sei die Einladung zum schamlosen Grabschen, wird sich mir nie erschließen. Doch selbst solche Umstände bringen mich nicht dazu, meinen Ring wieder anzulegen.

„Du hast mein vollstes Verständnis, Lena. Ich hätte ihm schon längst eine verpasst."

Und da ist sie wieder. Die feuchte Hand. Auf meiner Schulter.

„Kann ich den scharfen Bibliothekarinnen noch ein Getränk besorgen?"

Marko, Anfang 40, mit einem unappetitlich fettigen Hautproblem und Mundgeruch. Dazu mit null Feingefühl und einem unerschütterlichen Selbstbewusstsein gesegnet, klebt er den ganzen Abend an uns dran.

Er ist ein Paradebeispiel dafür, warum ich als Single besser bedient bin. Wer will bitte zu so jemandem abends nach Hause kommen? Von der abgedroschenen Anmache in Bezug auf unseren Beruf will ich erst gar nicht anfangen.

„Nein, danke. Wir sind bedient." Auf so vielen Ebenen.

Nach einer endlos scheinenden Abschiedszeremonie für das Brautpaar bin ich endlich auf dem Weg nach Hause. Befreit von den einengenden Stilettos und mit heruntergelassenen Fenstern biege ich in meine Straße ein. Es ist bereits dunkel, doch der Tattoo-Shop gegenüber meiner Wohnung ist noch hell erleuchtet. Die drei Männer aus dem Laden sitzen im Empfangsbereich über einer Mappe voller Skizzen.

Ich müsste lügen, wenn ich behaupten würde, nicht mindestens einmal am Tag einen intensiven Blick herüberzuwerfen.

Meine heimliche Vorliebe liegt bei den weniger biederen Männern. Und die drei Tätowierer sind mehr als nur einen Blick wert.

Erleichtert, diesen Tag endlich hinter mich gebracht zu haben, parke ich meinen Wagen auf dem mir zugewiesenen Parkplatz. Mit den Schuhen und meiner Handtasche in der einen Hand und einem Stück Hochzeitstorte auf einem abgedeckten Pappteller in der anderen, gehe ich auf nackten Füßen zur Haustür. Der Asphalt ist noch angenehm warm von der Sonneneinstrahlung des Tages.

„Helena?"

Gabriel, der Neuzugang im Shop, kommt hinter mir auf mich zugelaufen. Erschrocken darüber, meinen Namen aus seinem Mund zu hören, drehe ich mich zu ihm um. Er hat ein Paket in der Hand und bleibt in gerade noch angemessenem Abstand vor mir stehen.

„Hey, was gibt's?"

Ich mag müde und erschöpft sein, dennoch kann ich durchaus die Augenweide vor mir genießen. Mit seinem gepflegten, kurzen Kinnbärtchen und den beinahe kinnlangen, dunkelbraunen Haaren, ist er eigentlich weit von dem entfernt, was ich normalerweise attraktiv finde, trotzdem hat er irgendetwas an sich, dass ich noch nicht richtig greifen kann.

„Wir haben ein Paket für dich angenommen. Das war hoffentlich in Ordnung."

Nervös tritt er von einem Fuß auf den anderen. Im Hintergrund sehe ich Sam und Markus, die Inhaber des Tattoostudios, feixend in unsere Richtung schauen.

„Natürlich. Danke dir. Und was ist mit den beiden los?"

Obwohl ich die Hände schon voll habe, versuche ich umständlich das Paket von ihm zu übernehmen.

„Keinen Plan. Das Übliche, schätze ich."

Er ist kaum in der Lage, mir in die Augen zu schauen.

„Alles in Ordnung bei euch?" Verwirrt sehe ich zu ihm auf. Immer noch hält er mir das Paket entgegen, doch ich habe es bislang nicht geschafft, Schuhe und Torte in einer Hand unterzubringen, um die andere frei zu haben.

„Alles okay. Die haben es heute nur auf mich abgesehen. Ist

wohl das Los des Neuen." Und wieder sieht er an mir vorbei, um mich nicht anschauen zu müssen. So langsam nehme ich das persönlich.

„Gabriel, hab ich dir was getan?"

Es ist nicht so, als würden wir uns besonders innig kennen, doch auf dem Nachbarschaftsfest im Frühjahr waren wir ins Gespräch gekommen und hatten seitdem eigentlich immer mal ein paar Worte gewechselt. Ich mag ihn, aber er ist nicht der Mann, der an einer biederen Frau wie mir interessiert ist. Ganz abgesehen von meinem Desinteresse an einer Beziehung.

„Was? Nein. Wie kommst du darauf?"

Im letzten Moment fängt er das Paket ab, das zwischen uns abzustürzen droht.

„Zum Beispiel weil du mich nicht ansiehst, wenn du mit mir sprichst."

„Nein, ich bin nur gerade … ach, vergiss es. Soll ich dir das hochtragen? Du hast ja schon alle Hände voll."

„Das wäre sehr nett."

Noch einen Blick mehr, den ich riskieren könnte und vielleicht eine Chance, heimlich an ihm zu schnuppern.

Gabriel folgt mir die Treppe hinauf und bleibt hinter mir stehen, während ich die Wohnungstür aufschließe. Obwohl er noch einige Zentimeter von mir entfernt ist, spüre ich seinen Atem auf der Schulter. Seine Körperwärme brennt mir im Rücken.

Als ich endlich den Schlüssel ins Schloss gefummelt und die Tür geöffnet habe, trete ich einen Schritt in den Flur und drehe mich zu ihm um. Ich werfe die Schuhe auf den Boden und meine Handtasche lege ich mit dem Teller auf den Schuhschrank neben mir.

„Danke", sage ich und nehme ihm das Paket ab.

Unsere Fingerspitzen berühren sich und Gabriel hält einen Moment länger als nötig fest.

„Sehr gerne, Helena."

„Lena. Sag bitte Lena. Helena klingt so alt."

Seine Hände sind warm und bringen mich völlig aus dem Takt.

„Ich mag deinen Namen, aber wenn dir Lena lieber ist …"

Endlich lässt er das Paket los, doch noch immer sieht er mir nicht in die Augen. Das fällt mir verstärkt auf, weil er sonst eigentlich gar nicht wie der schüchterne und zurückhaltende Typ rüberkommt.

„Nochmal danke für die Hilfe." Ich weiß nicht, was ich sonst sagen soll.

Gabriel steht weiterhin in meinem Türrahmen, als würde er auf etwas warten.

„Gerne, Lena. Immer wieder."

Kopfschüttelnd grinse ich ihn an.

„Ich hab keine Ahnung, was heute mit dir los ist. Du hast doch sonst so eine große Klappe."

Bisher hatte ich noch keine Frau erlebt, die seiner offenen Flirterei nicht erlegen war.

Jetzt sieht er an mir herab, als würde ihm zum ersten Mal auffallen, dass ich ein Kleid trage. Der blutrote Polyesteralbtraum juckt mir schon den ganzen Tag am Körper und ich bin heilfroh, wenn ich ihn endlich wieder in den Tiefen meines Kleiderschranks verschwinden lassen kann.

Gabriel ignoriert meine Feststellung. Vielleicht hat er mich aber auch gar nicht gehört, denn er ist alles andere als bei der Sache.

„Du siehst toll aus, Lena. Ich meine, du siehst immer toll aus, aber heute … Was ich eigentlich sagen wollte …" Sein französischer Akzent kommt mit jedem Wort deutlicher heraus.

„Was wolltest du sagen?“

Jetzt sieht er mir endlich in die Augen, aber dafür fehlen ihm die Worte.

Ein paar Mal setzt er an, etwas zu sagen, doch er bricht immer wieder ab.

„Habt ihr getrunken?“, frage ich mit einem Zwinkern.

„Was? Nein!“ Empört wehrt er meinen Verdacht sofort ab.

„Ich will dich nicht rausschmeißen, aber ich würde wirklich gerne diesen Fummel loswerden. Also?“

Seine grünen Augen werden beinahe schwarz, als er versteht, dass ich mich ausziehen möchte.

„Okay. Sam und Markus haben uns beobachtet, weil sie gewettet haben, dass ich mich nicht traue, dich auf einen Kaffee einzuladen.“

Ich bin nicht ganz sicher, was ich von dieser Aussage halten soll. Es klingt ein wenig, als ginge es dabei gar nicht um mich.

Gabriel zieht einen kleinen Notizzettel aus seiner Gesäßtasche und legt ihn auf das Paket, welches ich immer noch in den Händen halte.

„Meine Telefonnummer. Wenn du Lust hast, dann melde dich einfach. Ich würde mich freuen. Gute Nacht, Lena.“

Und mit diesen Worten ist er auch schon verschwunden.

Das war merkwürdig.

2.

Obwohl ich nur in die Badewanne und dann auf die Couch will, habe ich mich von Stefanie breitschlagen lassen, das Wochenende mit ein paar Cocktails einzuläuten. In der angenehm warmen Abendluft sitzen wir auf dem Alten Markt und genießen unseren Long Island Ice Tea. Meine Gedanken sind nicht bei Stefanies Erzählungen über ihren letzten Italienurlaub, und das bemerkt sie jetzt auch.

„Wo bist du, Lena?“

Bei Gabriel. Doch ich würde mir eher die Zunge abbeißen, als das zuzugeben. Im Laufe der letzten Woche hat er mich keines Blickes gewürdigt. Also tatsächlich nur eine dämliche Wette unter Kerlen.

Ich fand die drei immer sehr sympathisch, aber vielleicht hatte ich mich da getäuscht. Es ist eigentlich unwichtig, weil ich sowieso kein Interesse an Beziehungsdramen irgendeiner Art habe. Dennoch …

„Entschuldige, Steffi. Ich schlafe mal wieder grauenhaft in letzter Zeit.“

„Immer noch?“

Steffi weiß, dass ich seit zwei Jahren Schlafprobleme habe. Wir arbeiten schon seit fünf Jahren zusammen, da kann man es kaum verleugnen, wenn man regelmäßig mit dicken Rändern unter den Augen zur Arbeit erscheint und erst einmal den Kaffeepott in der Teeküche leert.

Den Grund hat sie nie angesprochen, aber sie wird es sich denken können. Schließlich hat sie das ganze Drama damals mitbekommen.

„Es tut mir leid. Ich bin so müde. Sei mir nicht böse, wenn ich nur den Cocktail austrinke und dann ein Taxi nehme. Ich will einfach ins Bett."

„Das ist okay, Süße. Wir können uns ein Taxi teilen. Für mich wird es auch Zeit."

Eine halbe Stunde später lässt mich der Taxifahrer vor meiner Haustür raus, ehe er meine Kollegin nach Hause bringt. Schnell umfängt mich die Dunkelheit der schlecht beleuchteten Straße, während ich in meiner übervollen Handtasche nach dem Türschlüssel krame.

„Du solltest hier nicht alleine im Dunkeln herumstolzieren, Lena. Jemand könnte auf dumme Ideen kommen."

Gabriel.

Seine tiefe, leicht verrauchte Stimme ist für mich schon unverkennbar geworden. Auch seinen französischen Akzent kann er nicht verleugnen, wobei er davon nichts hören will. Er ist scheinbar völlig arglos darüber, wie sexy Frauen das finden.

Nur wenige Meter von mir entfernt steht er auf der anderen Straßenseite an seinen glänzend schwarzen VW Bulli gelehnt.

„Warum bist du noch hier, Gabriel? Ich dachte, der Shop ist längst geschlossen."

„Warum hast du mich nicht angerufen, Helena?"

Hat er etwa auf mich gewartet?

„Keine Ahnung. Warum sollte ich? Wer weiß, welche Wette ihr auf meinen Rückruf laufen habt."

„Wette?" Er sieht ehrlich verwirrt aus.

„Na, ob sich die biedere, naive Lena dir sofort atemlos an den Hals schmeißt, sobald du mit deiner Telefonnummer wedelst."

Gabriel stößt sich vom Auto ab und kommt mit großen Schritten auf mich zu. Nur wenige Zentimeter vor mir bleibt er stehen.

„Was redest du da?“, fragt er wütend.

„Du hast selbst gesagt, dass Markus und Sam …“

„Nichts habe ich gesagt. Das war nur, weil die beiden mich geärgert haben. Glaub es oder nicht, aber ich habe mich wirklich nicht getraut. Da ich mich ja ohnehin schon zum Idioten gemacht habe, kann ich es gerne noch mal wiederholen. Das war ernst gemeint, Lena. Ich würde gerne Zeit mit dir verbringen. Wenn du nicht möchtest, dann ist das natürlich in Ordnung.“

„Warum?“, ist alles, was mir darauf einfällt.

Noch ist er einen Schritt entfernt, doch schon nah genug, um mich sehr nervös zu machen.

Er riecht gut.

„Weil ich dich mag.“

So gerne ich auch darauf eingehen würde, es wäre für niemanden gut. Auch wenn ich nicht immer glücklich damit bin, als Single bin ich besser bedient. Ich und alle Beteiligten.

„Magst du nur mich nicht oder bist du grundsätzlich nicht an Männern interessiert?“, kommentiert er mein Schweigen.

„Wie kommst du darauf, dass ich lesbisch sein könnte?“

„Weil ich dich seit einem halben Jahr beobachte und dich nicht einmal in Begleitung eines Mannes gesehen habe.“

Dieses Gespräch nimmt unwirkliche Züge an.

„Dir ist schon bewusst, wie gruselig das klingt? Ich meine, dass du mich beobachtest.“

Gabriel lacht. „So verlockend der Gedanke auch ist, ich habe nicht vor, mit einem Fernglas in dein Schlafzimmer zu spannen oder deine Post zu durchsuchen. Ich will nur einen verfluchten Kaffee mit dir trinken. Aber es ist offensichtlich, dass du nicht interessiert bist. Das merke sogar ich. Also, gute Nacht.“

Mit hängenden Schultern wendet er sich von mir ab und

geht zu seinem Bus.

„Warte!“, rufe ich ihm hinterher.

Abrupt bleibt er stehen und dreht sich wieder zu mir.

„Was?“, fragt er mit einem leicht genervten Unterton.

„Kennst du das *Trudi's* in der Fußgängerzone?“

Sein zufriedenes Grinsen hätte breiter nicht sein können und auch ich kann mir ein Lächeln nicht verkneifen, als ich die Wohnungstür hinter mir schließe. Es ist nur ein Kaffee morgen Mittag, kein Date. Diese Tageszeit ist unverbindlich.

Nach einer ausgiebigen Dusche nehme ich mein Bettzeug aus dem Schlafzimmer und wandere damit auf die Couch. Wie jeden Abend bereite ich meinen Schlafplatz vor dem Fernseher.

Seit gut anderthalb Jahren wohne ich hier, aber in meinem Bett habe ich noch keine ganze Nacht geschlafen. Es ist einfach zu kalt, unabhängig von der Raumtemperatur. Zu viel Platz gibt mir außerdem das unbegründete Gefühl, nicht geschützt zu sein.

Doch nichts könnte mich dazu bringen, mir für ein warmes Bett ein weiteres Mal die Strapazen einer Beziehung anzutun.

Es ist nicht so, als wäre ich eine männerhassende Emanze. Ganz im Gegenteil. Ich mag Männer, ich liebe Männer. Aber acht Jahre in einer unglücklichen und kräftezehrenden Ehe haben mich gegenüber den Verpflichtungen einer solchen Verbindung verbittert. Das heißt natürlich nicht, dass ich nicht ab und an einen warmen und festen Männerkörper zwischen meinen Schenkel zu schätzen weiß.

Und Gabriels Körper, an dem in normaler Bekleidung nicht ein einziges Tattoo sichtbar ist, reizt mich sehr.

3.

Er ist ein merkwürdiger Typ. Oder vielleicht bin ich es auch. Seit zehn Minuten sitzen wir uns nun schon gegenüber und sagen kein Wort. Abwechselnd nippen wir immer mal wieder an unserem Kaffee, aber sonst tun wir nichts, außer uns anzuschauen.

Ganz genau kann ich nicht benennen, wie es zustande gekommen ist. Wir haben uns begrüßt, unseren Kaffee geholt und uns dann an einen kleinen Bistrotisch in der Ecke des Coffeeshop gegenüber gesetzt. Ab dem Zeitpunkt haben wir geschwiegen.

Es fühlt sich wie ein kleines Machtspiel an, darüber, wer zuerst das Schweigen bricht.

Mein Lächeln erwidert er immer, doch ansonsten scheint er völlig zufrieden damit, meine Mimik zu studieren. Er hat wahnsinnig klare, grüne Augen. Jetzt möchte ich ihn fragen, ob die Farbe echt ist oder nur durch gefärbte Kontaktlinsen so aussieht, aber ich beiße mir auf die Zunge.

Ich nehme einen weiteren Schluck von meinem Cappuccino, als er sich plötzlich über den Tisch beugt.

Da wir ja offenbar nicht reden, streicht er mir einfach eine lose Strähne meiner schwarzen, schulterlangen Haare hinters Ohr. Nur ganz kurz fährt er mit dem Daumen über meine Schläfe, ehe er sich wieder zurückzieht.

Es kostet mich jede Menge Selbstbeherrschung, unter seiner Berührung nicht nach Luft zu schnappen. Das spürt er und kommentiert es gleich mit einem Grinsen.

Auch ich kann nicht verhindern, dass meine Mundwinkel zittern, obwohl mein ganzer Unterleib von einer erregenden Hitze durchströmt wird.

Für eine Weile sitzen wir uns schweigend gegenüber, aber irgendwann wird es mir zu blöd. So nett diese Flirterei auch ist, ich habe keine Zeit dafür.

In meiner Handtasche krame ich nach einem Stift und kritzele ihm meine Handynummer auf eine Serviette. Doch statt sie ihm rüberzuschieben, nehme ich seine Hand und drücke ihm die Papierserviette in die Handfläche. Vorsichtig schließe ich seine Finger und versuche, mir nicht anmerken zu lassen, wie sehr ich die Wärme seiner Haut wahrnehme und genieße.

„Du wolltest mich treffen. Wenn du mir doch noch was zu sagen hast, dann ruf mich an."

Das kam zickiger rüber, als ich es beabsichtigt habe, doch mein Geduldsfaden ist in Bezug auf Männer schon seit einer Weile ziemlich kurz.

„Ich habe keine Ahnung, wie ich mit dir reden soll."

Was soll das denn heißen?

„Dann weiß ich nicht, warum du dich unbedingt mit mir verabreden wolltest." Schnaubend drehe ich mich auf dem Absatz um und gehe zur Tür. Er macht keine Anstalten mich zurückzuhalten, während ich den Coffeeshop verlasse. Und das enttäuscht mich mehr, als ich mir eingestehen will.

Wieder mal hat es sich bestätigt, welche Zeitverschwendung der Umgang mit Männern im Allgemeinen ist. Ich meine, wozu das ganze Drama und diese Spielchen? Auch jetzt, nach fast zwei Jahren, in denen ich schon alleine bin, schnürt mir der Gedanke an eine feste Bindung die Kehle zu.

Um ein wenig Frustration abzubauen, werfe ich mich in meine Joggingklamotten und mache mich auf den Weg in den Bunten Garten. Ein paar Laufrunden werden mir hoffentlich den Kopf klären und meine überschäumenden Hormone herunterfahren. Ich bin es nicht gewohnt, hin- und hergerissen zu sein. Auf der einen Seite ist da diese absolute Beziehungsphobie und auf der anderen Seite mein neu erwachter Hunger auf Sex.

Sex mit Gabriel.

Das ist alles seine Schuld.

Eine Stunde später schleppe ich mich völlig abgekämpft zu meiner Haustür. Verschwitzt und ausgelaugt suche ich nach dem Schlüssel, den ich in meinem Sport-BH deponiert habe. Das Schaufenster des Tattoo-Shops ignoriere ich eisern. Immer noch wütend über Gabriels verwirrendes Verhalten, schließe ich die Tür auf und laufe die Treppe zu meiner Wohnung hoch.

In der Küche nehme ich mir ein Glas aus dem Schrank, um hastig einen Schluck Wasser aus der Leitung zu trinken. Es schockiert mich selbst, wie geladen ich bin. Dabei weiß ich nicht mal genau, was da vorhin eigentlich passiert ist. Vielleicht habe ich überreagiert und hätte nicht so schnell gehen sollen?

Mit dem Glas in der Hand gehe ich durchs Wohnzimmer auf den Balkon, von dem ich eine ausgezeichnete Aussicht auf den Laden habe. Gerade kommt Emma, Sams Frau, mit dem Kinderwagen die Straße entlang. Bereits von weitem entdeckt ihr Mann sie und tritt gleich vor den Laden, um ihr entgegen zu gehen. Während Sam ein riesiger, dunkelhäutiger und mit Tattoos bedeckter Kerl ist, der auf den ersten Blick ziemlich Respekt einflößend wirkt, ist Emma ein kurviges Vollweib mit einem runden, aber hervorstechend hübschen Gesicht. Die beiden könnten unterschiedlicher nicht sein und dennoch habe ich nie ein perfekteres Paar gesehen.

Sams scheinbar harte Schale wird butterweich, sobald er nur einen Blick auf seine Frau wirft. Und auch Emma, die meistens sehr ernst und in sich gekehrt scheint, bricht sofort in ein strahlendes Lächeln aus, als sie ihren Mann entdeckt.

Ich würde es nie zugeben, doch aus der Entfernung betrachtet, beneide ich die beiden um ihr Glück. Auch wenn diese Art der Liebe in meinen Augen sehr zerbrechlich aussieht.

Als Sam seine Frau in die Arme schließt und dann seine wenige Monate alte Tochter aus dem Kinderwagen hebt, lenkt mich die aufgehende Glastür hinter Sam von meinen Beobachtungen ab.

Gabriel tritt auf die Straße und sieht zielgerichtet zu mir in den ersten Stock hoch. Unser plötzlicher Blickkontakt schreckt mich auf und für einen Moment umschließe ich das relativ dünnwandige Wasserglas in meiner Hand zu kraftvoll.

Ein Klirren zu meinen Füßen, sowie ein scharfer Schmerz in meiner Handfläche lassen mich zusammenzucken. Verwirrt blicke ich auf das zerschmetterte Glas, das sich gleichmäßig um mich herum verteilt hat und direkt von ein paar roten Tropfen begleitet wird.

Ich sehe von meiner blutenden Hand zu Gabriel, der erschrocken zu mir hochschaut.

„Helena? Was ist passiert?“, ruft er über die Straße und rennt nach einem Blick zu beiden Seiten auch gleich auf mein Haus zu.

Wenige Sekunden später klingelt es. Wie in Trance drehe ich mich um und spüre das Knirschen der Scherben unter meinen Sohlen. Glücklicherweise trage ich meine Laufschuhe noch, sonst hätte ich mir gerade auch die Füße zerschnitten.

Erst jetzt realisiere ich, was geschehen ist. Wenigstens teilweise. Gabriel hat mich angeschaut und das hat dazu geführt, dass ich ein Glas in meiner Hand zerdrückt habe.

Auf dem Weg zur Wohnungstür greife ich mir ein Küchenhandtuch und wickele es um meine Hand. Bis Gabriel die paar Stufen zu meiner Wohnung hochgerannt ist, ist das Handtuch schon komplett durchtränkt.

„Was machst du denn?“ Energisch schiebt er mich an den Schultern in meine Wohnung und ich lasse ihn gewähren. Ich glaube, ich stehe unter Schock.

„Ich weiß nicht … es … ich hab …“, stammele ich und spüre schon, wie mir der restliche Blutvorrat aus meinem Kopf in die Füße zu rutschen scheint. Gabriel fängt mich in letzter Sekunde auf, bevor ich auf dem Boden aufschlage. Zwar verliere ich nicht das Bewusstsein, doch ich bin völlig desorientiert.

„Oh, *mon chouchou.*“ Langsam führt er mich ins Wohnzimmer. „Willst du dich hinlegen?“

Wie betrunken lasse ich mich auf die Couch sacken.

„Nein, es geht schon. Ich brauche ein Pflaster und dann vielleicht etwas Wasser, aber dieses Mal ohne Glas.“

Mit einem schwachen Lächeln geht Gabriel vor mir auf die Knie und nimmt das Handtuch von meiner zerschnittenen Handfläche.

„Das ist mit einem Pflaster nicht getan. Ich fürchte, das werden wir nähen lassen müssen.“

Wir?

„So schlimm ist es nicht.“

„Doch, das ist es. Ich fahre dich ins Krankenhaus. Aber vorher müssen wir das abbinden. Hast du irgendwo Verbandszeug und vielleicht ein altes, sauberes Handtuch.“

„Im Badezimmer. Warte …“

Mein schwacher Versuch, mich zu erheben, wird von ihm gleich abgewendet, indem er mich einfach wieder auf die Couch drückt.

„Sitzen bleiben. Ich finde es schon.“

Bereits Sekunden später höre ich ihn im Badezimmer durch meine Schränke stöbern. Viel Spaß mit meinen Tampons und Enthaarungswachs.

Oh Gott, wie viel Blut habe ich verloren? Meine Sicht verschwimmt und ich traue mich nicht, auf die Schnitte in meiner Hand zu sehen, aus Angst, mich übergeben zu müssen.

Langsam lasse ich mich zur Seite fallen und bestaune für einen Moment den sich drehenden Raum.

Ausdauertraining mit anschließendem Blutverlust ist besser als jeder Vollrausch.

4.

Ich hasse Spritzen. Oder Nadeln jeder Art, die dafür vorgesehen sind, durch meine Haut gebohrt zu werden. Nicht in der Lage, irgendetwas oder irgendjemandem zu widersprechen, habe ich Gabriel mit in den Untersuchungsraum gelassen. Der Arzt ist noch nicht da, doch ich sehe schon die vorbereitete Betäubungsspritze in einer Schale neben mir.

Jetzt möchte ich mich wie ein bockiges Kleinkind auf den Boden schmeißen und laut „Ich will das nicht!!!" brüllen, aber das Verhalten ist kaum meinem Alter angemessen.

„Bist du okay?"

Wie selbstverständlich hält Gabriel meine Hand und sieht mich dabei besorgt von der Seite an. Ich hätte ihn wirklich draußen lassen sollen.

„Ich hasse Spritzen. Außerdem musst du nicht hier bleiben. Ich kann mir gleich ein Taxi nehmen."

„Unsinn. Außer du willst mich nicht dabei haben, wenn sie dich nähen."

Bei der Vorstellung vervielfacht sich meine Angst vor den Nadeln und für einen Moment macht sich ein Gefühl der Enge in meinem Brustkorb breit.

„Ich will nicht, dass du gehst", antworte ich nur kleinlaut, dennoch kämpfe ich gegen den Drang, mich an ihn zu klammern.

„Soll ich jemanden für dich anrufen? Deine Eltern?"

Das fehlt mir gerade noch.

„Bloß nicht. Meine Mutter bekommt einen Herzinfarkt und malt sich gleich wieder das Schlimmste aus. Es ist ja nur ein kleiner Schnitt."

„Warum hast du das Glas zerdrückt? Ist mein Anblick so

erschreckend?", fragt er mit einem halbherzigen Lächeln.

Erschreckend? Darauf werde ich nicht antworten. Sonst müsste ich zugeben, wie ich seinen Anblick wirklich finde.

„Das Glas hatte einen Sprung. Ich wollte es schon längst entsorgen. Offensichtlich zu spät. Generell habe ich zwar viel Kraft in den Händen, aber nicht so viel, dass ich alles zerschmettere, was mir in die Finger kommt."

„Gut zu wissen." Mit einem schelmischen Grinsen sieht er auf seine Schuhe. Nur zu gerne möchte ich ihm die verirrte Strähne aus der Stirn streichen, doch so weit sollte ich nicht gehen. All das ist schon konfus genug.

„Wie hast du mich vorhin eigentlich genannt? Als du mich aufgefangen hast? Irgendwas mit Ch…"

„*Mon chouchou*", antwortet er leise und fährt sich nervös durch den raspelkurzen Kinnbart.

„Was bedeutet das?"

Das Eintreten des Weißkittels rettet ihn vor einer Antwort.

Immer noch peinlich berührt darüber, dass ich mich beim Nähen meiner Hand an Gabriels Schulter verkrochen habe, lasse ich mich von ihm die Treppe zu meiner Wohnung hochführen. Egal was ich sage, ich werde ihn nicht los. Er will mir unbedingt helfen.

Oben angekommen, falle ich erschöpft auf die Couch.

„Ich muss dringend duschen", sage ich mehr zu mir selbst, doch er springt natürlich gleich wieder darauf an.

„Mit dem Verband solltest du vorsichtig sein. Aber ich kann ihn dir gleich einpacken, wenn du möchtest."

Allmählich fängt meine Hand an zu pochen. Die Betäubung hält nicht besonders lange an. Zum Glück hat es die linke Seite getroffen, denn sonst wäre ich recht hilflos.

„Es ist okay, Gabriel. Du musst nicht meinen Babysitter

spielen. Danke, dass du mich gefahren hast, aber jetzt kannst du wirklich wieder rüber in den Shop. Du hast doch sicher noch Arbeit."

„Nein, muss ich nicht. Heute habe ich gar keine Termine. Ich hatte nur etwas mit Sam zu besprechen."

Vermutlich darüber, wie er mich vorgeführt hat. Und schon bin ich wieder sauer auf ihn.

„Warum hast du nicht mit mir gesprochen? Heute Mittag, im Coffeeshop? Das war echt beschissen. Ich bin zu alt für solche Spielchen."

„Die Frage gebe ich gerne zurück", antwortet er pampig und lässt sich dennoch ganz selbstverständlich neben mir nieder. „Du hast auch nichts gesagt. Einerseits fand ich den Moment witzig, andererseits …"

„Was?" Träge drehe ich mich zu ihm.

„Du hast wirklich keine Ahnung, oder?"

„Wovon?"

Er sieht verlockend aus auf meiner Couch. Selbst mit einem halben Meter Abstand zwischen uns kann ich ihn immer noch riechen. Im Krankenhaus bin ich ihm so nah gewesen, nur um mich von der Tätigkeit des Arztes abzulenken. Doch ich hab nicht vergessen, wie erstaunlich anschmiegsam seine Schulter ist und wie warm er sich anfühlt.

„Wenn ich dich sehe, dann fühle ich mich wie der letzte Idiot. Ich weiß einfach nicht, was ich sagen soll, damit du mich nicht für einen völligen Spinner hältst. Ich mag dich und ich würde dich wirklich gerne besser kennenlernen, aber du machst es mir wahrlich nicht leicht. Du verunsicherst mich."

Was redet er da? Gabriel flirtet mit jedem Rock, der ihm in die Quere kommt. Zwar ist er nicht anzüglich, doch selbst bei älteren Damen dreht er seinen Charme auf volle Leistung. Bei mir hat er das allerdings nie gemacht. Bislang habe ich mir da nie viel bei gedacht, außer, dass es schlicht eine Reaktion auf meine zurückhaltende Art ist.

Meine nächsten Worte muss ich mir gut überlegen, denn ich weiß nicht, ob es eine gute Idee ist, ihm einzugestehen, dass ich ihn mehr als nur ein bisschen anziehend finde.

„Du könntest ziemlich jede haben, und dennoch hängst du dich an die Frau, die sich dir nicht an den Hals wirft."

„Genau deswegen, Helena. Was dir gerade merkwürdig vorkommt, solltest du dir noch mal durch den Kopf gehen lassen. Dann würdest du verstehen, dass gerade das einen großen Teil deiner Anziehung ausmacht. Du bist freundlich zu mir, ja. Aber das ist es auch schon. Kein mädchenhaftes Gekichere, kein flacher Small Talk. Wenn du etwas sagst, hast du auch tatsächlich etwas zu sagen. Dass ich dich zudem noch überaus attraktiv finde, schadet natürlich nicht."

Er meint das wirklich ernst.

„Ich weiß nicht, was ich sagen soll."

Wenn das alles wahr ist, dann hat er sich wirklich die falsche Frau ausgesucht.

„Dann sag gar nichts."

Man sollte annehmen, dass er den Wink versteht und sich verabschiedet, wenn ich unter die Dusche möchte. Aber nicht Gabriel. Nachdem er mir geholfen und sogar das Blut- und Scherbenmassaker auf dem Balkon beseitigt hat, verlässt er zwar gerade meine Wohnung, doch nur, um uns etwas Essbares beim Chinesen zu besorgen.

Was mache ich mit ihm? Ihn in mein Bett holen? Ich weiß nicht, ob das eine gute Idee ist. Dafür ist er räumlich zu nah. Einer Affäre sollte man nach dem Ende aus dem Weg gehen können. Das geht schlecht, wenn ich ihn jeden Tag sehe.

Doch der Gedanke ist verlockend, endlich mal etwas anderes als meine Bettdecke zwischen den Schenkeln zu spüren.

Nach einer kurzen, ungelenken Dusche, kuschele ich mich in meinen Bademantel und will gerade ins Schlafzimmer gehen, um mich anzuziehen, als Gabriel schon wieder an der Tür klingelt.

Na wunderbar. Wenigstens ein bisschen Privatsphäre hätte er mir gönnen können.

Mit einem angestrengten Lächeln öffne ich meine Wohnungstür. Doch in dem Moment, wo mich sein freches Grinsen trifft, taue ich wieder auf.

Er nervt mich nicht, ich nerve mich nur selbst. Also hole ich einmal tief Luft und lasse mich von seiner positiven Aura mitreißen.

„Iss auf, Helena. Du hast viel Blut verloren."

Oh, dieser Akzent. Wenn der nicht wäre, dann würde ich ihm jetzt die Essstäbchen aus der Hand schlagen, mit denen er versucht, mich zu füttern. Doch stattdessen öffne ich brav den Mund und nehme den letzten Bissen gebratene Ente entgegen.

„Das sah schlimmer aus, als es war", sage ich noch mit halbvollem Mund.

„Genau. Deswegen bist du fast ohnmächtig geworden."

„Ich kann mein eigenes Blut nicht sehen. Da reicht ein kleiner Schnitt am Finger oder Ähnliches."

Gabriel sieht auf meine Hände.

„Seit wann?", fragt er und zeigt auf meinen rechten Ringfinger. Der Abdruck ist immer noch da.

„Fast zwei Jahre." Die Direktheit seiner Frage überfährt mich, sodass die Antwort schon fast automatisch kommt.

Mit einem Nicken nimmt er die Information zur Kenntnis, geht jedoch nicht weiter darauf ein. Offenbar weiß er, was für ihn gut ist. Es gibt Dinge, die will er nicht vertiefen.

„Wie hast du mich vorhin genannt?" Das lässt mir immer noch keine Ruhe.

„*Mon chouchou.*" Ganz konzentriert darauf, den restlichen Reis aus der Schachtel zu kratzen, scheint er auch das nicht weiter ausführen zu wollen.

„Was heißt das?"

„Kein Schimpfwort, falls dich das beunruhigt."

„Und du willst es nicht verraten, weil …?"

„Finde es selbst heraus, schöne Helena."

Dafür müsste ich erst einmal genau wissen, wie man es schreibt.

„Mein Name hat es dir angetan, oder?"

„Du hast ja keine Vorstellung." Jetzt sieht er auf und mir direkt ins Gesicht. „Helena klingt wesentlich besser, wenn ich es stöhne, während ich in dir komme."

Hatte ich schon den französischen Akzent erwähnt?

Seelenruhig pickt er weiter Reiskörner auf, doch ich sehe das Grinsen, welches seine Mundwinkel zucken lässt. Ich hätte es mir doch denken können, dass er diese Seite von sich nicht lange unterdrücken kann.

Ich kann nicht schlafen. Das ist Gabriels Schuld, auch wenn er es nicht wissen kann. Nach einem wirklich netten Abend ist er einfach auf meiner Couch eingeschlafen und ich habe es nicht übers Herz gebracht, ihn rauszuschmeißen. Noch hoffe ich ja darauf, dass er aufwacht und von selbst geht, damit ich mein Nachtlager im Wohnzimmer aufschlagen kann.

Trotz seiner kleinen Anspielungen auf unsere offensichtliche Anziehung war es ein unverkrampfter Abend. Gabriel ist witzig und ein wirklich interessanter Gesprächspartner. Mit großer Leidenschaft redet er von seinem Hobby, der Fotografie, und seinen französischen Nichten und Neffen, in die er ganz vernarrt scheint.

Ich habe eigentlich kaum gesprochen und mich nur von seinem Enthusiasmus mitreißen lassen.

Schließlich gebe ich weitere Einschlafversuche auf und schleiche in die Küche, um eine Schmerztablette für meine Hand zu nehmen, die sich inzwischen ziemlich heiß anfühlt und unangenehm pocht.

Ein kurzer Blick ins Wohnzimmer bestätigt meinen Verdacht, dass er immer noch hier ist. Völlig entspannt liegt er auf der Seite und hat sich ein kleines Couchkissen unter den Kopf geschoben.

Im Schlaf sieht er um einige Jahre jünger aus. Ich möchte mich neben ihn legen und an ihn schmiegen. Vielleicht könnte ich das sogar schaffen, ohne ihn zu wecken.

Okay, die Hoffnung ist naiv, aber ich könnte es ja auf einen Versuch ankommen lassen.

Obwohl sein Körper an den richtigen Stellen zweifellos fest und stramm ist, sieht er aus, als könnte man sich gut in seine Arme und an den Brustkorb kuscheln.

Nur sehr unwillig löse ich mich von dem überaus attraktiven Anblick und schleiche weiter in die Küche, um meine Tablette zu nehmen.

Als ich zurückkomme hat Gabriel sich umgedreht und liegt jetzt mit dem Gesicht zur Rückenlehne. Leicht zusammengekrümmt streckt er sein Hinterteil über den Rand der Couch und erzeugt damit eine sehr gemütlich wirkende Lücke zwischen ihm und der Lehne.

Es ist nicht die beste Idee, doch nachts sind ja angeblich alle Katzen grau. Also kann ich morgen früh einfach behaupten, das wäre ich nicht gewesen. Oder so …

Ganz vorsichtig steige ich über ihn drüber und bin erstaunt, dass er sich überhaupt nicht rührt. Aber in der Sekunde, wo ich meinen Kopf auf einem weiteren Kissen ablege, schlingt er einen Arm um meine Taille und zieht mich fest an sich.

Er sagt kein Wort, aber für eine Bewegung im Halbschlaf war es zu kraftvoll.

Eingehüllt in seine Wärme und erschöpft von den Ereignissen des Tages, fallen mir innerhalb kürzester Zeit die Augen zu.

5.

In dieser einen Nacht hat sich unsere Dynamik verschoben. Auch wenn mich seine Flirtversuche immer noch verunsichern, so existiert doch keine Peinlichkeit mehr zwischen uns. Wie alte Bekannte stehen wir in der Küche und trinken unseren Morgenkaffee.

„Hast du für heute noch etwas geplant?“, fragt er und rückt ein Stück an mich heran.

Seine Nähe irritiert mich weitaus weniger, als sie sollte, was wohl daran liegt, dass ich schon lange nicht mehr so gut geschlafen habe und ich es nur seiner Anwesenheit zusprechen kann.

„Gleich muss ich erst einmal meine Chefin anrufen und ihr klarmachen, dass ich nächste Woche besser nicht arbeite. Es kommt nicht gut, wenn ich mir den Schnitt wieder aufreiße und ein paar Bücher vollblute. Dann werde ich noch bei meinen Eltern vorbeischauen. Und du?“

„Ich muss nach Hause, meine Katze füttern und dann mal ein bisschen Ordnung in meinem Studio schaffen.“

„Du hast doch nicht wegen mir deine Katze hungern lassen?“

Gabriel lächelt mich von der Seite an.

„Keine Sorge, Helena. Sie ist ein Freigänger und versorgt sich ganz gut selbst, aber einmal am Tag möchte sie doch etwas aus der Dose.“

„Wenn ich ehrlich sein soll, dann dachte ich, du lebst in deinem Bus.“

„Ich bin voller Überraschungen“, sagt er lachend und greift nach meiner unverletzten Hand. „Was genau hast du dir noch über mich in den Kopf gesetzt?“

Ich mag nicht der offenste Mensch sein, doch wenn mir jemand eine konkrete Frage stellt, bekommt er in der Regel auch eine ehrliche Antwort.

„Ich halte dich für einen Frauenheld, der zugegeben ziemlich charmant ist."

Gabriel schiebt sich näher an mich. Ich spüre seinen Atem an meiner Wange und wage es nicht, zur Seite zu sehen.

„Und weiter?", fragt er ganz leise direkt an meinem Ohr.

„Du bist nicht der Typ, der an einer Frau länger als ein paar Wochen interessiert ist."

„Was noch?" Jetzt stellt er seine Kaffeetasse ab und legt die freie Hand auf meinen Oberarm. Nur zu gut spüre ich die Hitze seiner Haut durch den dünnen Stoff meiner Bluse.

Alle Vorurteile, die ich mir mühsam über Männer wie ihn aufgebaut habe, entfallen mir gerade.

„War es das schon?" Sein Atem an meiner Ohrmuschel beschert mir eine Gänsehaut.

Nur zur Sicherheit trete ich einen Schritt zur Seite und nicke. Immer noch halte ich mich krampfhaft an meinem Kaffee fest. Zum Glück ist nur meine linke Hand verletzt. Meine rechte Hand werde ich später benötigen.

„Du wolltest nach Hause?"

Es ist nicht meine Absicht, ihn rauszuschmeißen, doch wenn er nur eine Minute länger bleibt, bekommt mein Bett seine erste richtige Einweihung.

„Ich verstehe", antwortet er grinsend. Ich bin erleichtert, dass er es mir nicht übel nimmt.

„Nachher schicke ich dir meine Adresse aufs Handy. Wenn du magst, dann komm später vorbei. Ich würde heute wirklich gerne noch mehr von dir sehen."

„Ich überlege es mir."

Zum Abschied umarmt er mich und küsst mich auf die

Wange. Mein breites Grinsen und das mädchenhafte Quietschen kann ich gerade noch so lange unterdrücken, bis er die Haustür hinter sich zugezogen hat.

Die Anspannung im Haus meiner Eltern macht mich nervös. Eine solche Stimmung hat hier nicht immer geherrscht. Ich liebe meine Eltern, doch die beobachtenden und mitleidigen Blicke in den letzten zwei Jahren machen mich wahnsinnig. Es fühlt sich an, als würde jedes meiner Worte und Gesten analysiert. Meine Mutter scheint immer noch darauf zu warten, dass ich zusammenbreche und mein Vater lässt sich davon mitziehen.

„Warum hast du uns nicht angerufen?“, fragt meine Mutter mit vorwurfsvollem Unterton, als sie meine verbundene Hand begutachtet. Ich bin erstaunt, dass sie sich bis nach dem Essen zurückhalten konnte, um mich in die Mangel zu nehmen.

„Weil ich kein kleines Kind mehr bin und mich nur geschnitten habe. Mein Nachbar hat mich in die Notaufnahme gefahren. Keine große Sache.“

Die Identität meines Chauffeurs näher zu erklären, würde zu viele Fragen nach sich ziehen.

„Du könntest wenigstens Bescheid sagen.“

„Beim nächsten Mal.“

Völlig entnervt lasse ich meine Mutter mit dem Abwasch in der Küche zurück und geselle mich zu meinem Vater auf die Terrasse. Noch bevor ich mich hinsetze, schnappe ich ihm die gerade angezündete Zigarette aus der Hand und nehme einen tiefen Zug.

„Ich dachte, du hast aufgehört?“

Seufzend lasse ich mich neben ihn auf die kleine Holzbank sinken und strecke die Beine vor mir aus. Mein Vater zündet sich eine neue Zigarette an und sieht mich abwartend von der

Seite an.

„Hab ich auch."

„Sie meint es nur gut, Lena." Die ultimative Ausrede aller überbehütenden Eltern.

„Das weiß ich, Papa. Aber vielleicht kannst du ihr ja endlich mal klar machen, dass ich mich nicht aufhänge, nur weil mein Ehemann sein Auto vor einen Baum gesetzt hat."

„Tust du nicht? Woher sollen wir das wissen? Du redest ja nicht mehr mit uns. Seit dem Unfall machst du total zu."

Natürlich tue ich das. Niemand würde die damaligen Begleitumstände verstehen. Wenn ich erzählen würde, wie es wirklich war und meine echten Gefühle deutlich machen müsste, dann würde mich jeder mit ganz anderen Augen sehen. Ich hab kein Vergnügen daran, die trauernde Witwe zu spielen, aber die andere Alternative ist noch weniger verlockend.

„Was soll ich denn dazu sagen? Er ist tot und ich bin zu jung, um für die nächste Dekade nur Schwarz zu tragen."

„Das hat auch keiner verlangt, Leni. Nur manchmal scheint es, als …"

„Als was?" Ich hasse es, wenn er mich bei meinem Kindheitskosenamen nennt, nur um mich für die folgenden Worte milde zu stimmen.

„Soll ich es wirklich aussprechen?"

„Bitte, tu dir keinen Zwang an. Du bist geradeso schön in Fahrt."

„Als wärst du erleichtert."

Das ist tatsächlich ein Teil der Wahrheit, doch es ist wesentlich komplexer als das.

„Sprichst du mit jemandem, Leni? Wenn du schon nicht mit uns redest …"

Seit zwei Jahren versuchen sie, mir eine Therapie aufzudrücken. Weil Depressionen in unserer Familie nicht selten sind, finden meine Eltern bei mir wohl eine Prophylaxe angemessen. Davon kann man allerdings auch schon nicht mehr reden, da ich mir ziemlich sicher bin, dass sie mich bereits für mindestens leicht depressiv halten.

Nur weil ich nicht gleich für einen neuen Kerl die Beine breit mache und es kaum erwarten kann, mir das nächste „Prachtexemplar" ins Haus zu holen.

Derzeit habe ich noch nicht mal Toleranz für die männlichen Macken innerhalb einer Beziehung. Selbstverständlich bin ich nicht fehlerfrei, doch acht Ehejahre können ziemlich desillusionieren und einem gleichzeitig den letzten Nerv für die Männerwelt rauben.

Ich will einfach nicht, auch wenn es für meine Eltern untragbar scheint, in meinem Alter dauerhaft ohne Beziehung zu sein.

„Ich muss gehen, Papa."

Die halb gerauchte Zigarette drücke ich im Aschenbecher aus und gebe meinem Vater zum Abschied einen Kuss auf die Wange. Er ist enttäuscht, dass ich ihn schon wieder abwürge, das spüre ich. Doch er würde nie etwas sagen. Es kostet ihn genug Überwindung, diese Themen überhaupt anzusprechen.

„Verabschiede dich wenigstens noch von deiner Mutter. Und fahr vorsichtig. Für den Abend sind starke Gewitter angesagt."

„Mach ich, Papa."

„Ich hab dich lieb, Leni."

Er ist der einzige Mann, der mir mit diesen Worten das Herz brechen kann. Weil er es nur so sagt, wenn ich ihn verletzt habe.

6.

Es ist keine gute Idee, sein Angebot anzunehmen. Doch nachdem mich der Besuch bei meinen Eltern mal wieder völlig aufgerieben hat, kann ich der Ablenkung nicht widerstehen.

Dank meines Navis finde ich problemlos das kleine Dorf im Süden von Mönchengladbach, wo sich Gabriels Haus befindet.

Haus stimmt nicht ganz, Hof ist wohl der bessere Begriff. Ein ausgebauter Bauernhof, um genau zu sein.

Er steckt wirklich voller Überraschungen.

Sein VW-Bus steht in einem hohen Unterstand, wo früher vermutlich mal Traktoren abgestellt waren. Daneben parkt ein neuer Beetle. Auch wenn die Baujahre ziemlich auseinanderklaffen, scheint da jemand auf eine Automarke fixiert zu sein.

Obwohl ich mir Gabriel kaum in diesem roten Kleinwagen vorstellen kann.

Ich halte hinter seinem Bus und steige gerade aus dem Auto, da tritt er schon aus der Haustür. In zerrissenen Jeans, einem schwarzen T-Shirt und fliederfarbenen Clogs kommt er auf mich zu. Ich wiederhole: FLIEDERFARBEN!

„Sehr schicke Schuhe“, bemerke ich mit einem Blick auf seine Füße und kann mir dabei ein Grinsen nicht verkneifen.

„Lach du ruhig. Ich bin in meiner Männlichkeit genug gefestigt, um da drüberzustehen. Hallo Helena.“ Ganz selbstverständlich schließt er mich in die Arme.

Und ich lasse ihn.

Meine rechte Hand findet den Weg auf seinen Brustkorb, wo ich seinen Herzschlag spüre. Zu schnell lässt er mich wieder los.

„Ehrlich gesagt, habe ich nicht mit dir gerechnet, aber ich freue mich sehr, dass du hier bist. Wie geht es deiner Hand?“

„Ganz okay, wenn ich sie nicht zu sehr beanspruche.“

„Magst du ein Glas Wein? Oder etwas anderes?“

Einen Arm legt er um meine Schultern und führt mich durch die offene Haustür. Gleich neben dem Eingang streift er sich die Schuhe ab, also tue ich es ihm gleich.

„Lieber einen Tee, falls du welchen hast. Sonst finde ich den Weg nach Hause nicht mehr.“

Ich trinke grundsätzlich keinen Alkohol, wenn ich noch fahren muss, auch wenn es nur ein halbes Glas Wein ist.

„Kein Problem. Komm mit.“ Er nimmt meine rechte Hand und zieht mich mit sich durch den Wohnraum. Trotz der tiefen Decken und dem dunklen Holz an jeder Ecke fühlt man sich nicht eingeengt. Durch eine große Fensterfront auf der Rückseite des Hauses fällt genügend Licht herein und die eher sparsame, aber dennoch gemütliche Möblierung bietet genug Luft zum Atmen.

Es ist alles, womit ich nicht gerechnet habe und es gefällt mir sehr.

In der Küche schiebt Gabriel mich auf einen Barhocker an der Frühstückstheke und macht sich am Wasserkocher zu schaffen.

„Grün oder schwarz?“, fragt er über seine Schulter.

„Grün. Und überrascht.“

„Überrascht?“ Verwirrt dreht er sich zu mir um.

„Das hier. Alles. Ich hätte dich nie für so bürgerlich gehalten.“

Gabriel verschränkt die Arme vor der Brust und sieht mich nachdenklich an.

„Mich würde wirklich mal interessieren, was sich da in deinem Kopf über mich festgesetzt hat.“

„Oh, das kann ich inzwischen ganz gut auf den Punkt bringen, denke ich."

„Ich höre", sagt er und wendet sich wieder dem mittlerweile sprudelnden Wasserkocher zu. Er verteilt Teebeutel auf zwei Glastassen und übergießt sie mit kochendem Wasser.

„Sehr charmant, sehr attraktiv und außerhalb meiner Reichweite."

„Wie kommst du darauf, Helena?" Mit fragendem Gesicht stellt er die dampfenden Tassen zwischen uns und setzt sich mir gegenüber.

„Weil du jeder Frau das Höschen abschwatzen kannst, ohne dich dafür groß anstrengen zu müssen. Du weißt um deinen Charme und du setzt ihn auch großzügig ein. Außer bei mir."

„Du bist die Frau, die auf dieser Ebene überhaupt nicht ansprechbar ist und bei der ich Angst um meine Fruchtbarkeit habe, wenn ich mich dir so nähere. Außerdem will ich es gar nicht. Ich flirte gerne, das streite ich überhaupt nicht ab, aber mit dir möchte ich mehr als bloß flirten. Für meinen Akzent kann ich nichts."

„Was willst du dann?"

Ich winke die Zuckerdose ab, die er zu mir rüberschiebt.

„Mit dir schlafen. Bevor du mir in die Weichteile trittst, ich meine das tatsächlich wörtlich. Letzte Nacht, das war mehr Nähe, als ich in den letzten Jahren hatte, ohne dafür auch nur ein Kleidungsstück verlieren zu müssen. Zugegeben, ich war sehr überrascht, dass du zu mir gekommen bist, aber ich habe das wirklich genossen."

Ich auch. Mehr als ich sollte.

„Also findest du mich nicht attraktiv, sondern willst einfach nur ein Freund sein, der mir gelegentlich bekleidet das Bett wärmt?"

„Das war kein Bett, sondern deine Couch. Und ich kann dir

versichern, Helena, dass ich noch weit mehr von dir will, als nur dein Bett wärmen. Ich will dich küssen, am ganzen Körper, dich schmecken. Dabei will ich dich hören. Ich will in dir sein, so sehr, dass es schon schmerzt. Aber das ist nicht alles. Vorher möchte ich dich kennenlernen. Versteh mich nicht falsch, ich bin kein Gentleman. Schon sehr bald werde ich mich nicht mehr zurückhalten können. Und wenn ich keine klare Abfuhr von dir bekomme, dann will ich dich haben, Helena."

Die wird er nicht bekommen.

Oh, dieser Akzent. Wie wird das erst sein, wenn er beim Sex so mit mir spricht?

Beiläufig fächere ich mir Luft zu, doch Gabriel bemerkt es.

„Ach, und falls es dir noch nicht aufgefallen ist, ich lebe mit meiner Mutter zusammen. Wie sexy ist das bitte?"

Der Themenwechsel gepaart mit dieser Info wirft mich völlig aus dem Konzept.

„Wie? Wo?" Suchend sehe ich mich um.

„Nicht hier. Sie bewohnt den vorderen Teil mit dem Eingang zur Straße hin. Da hat sie auch ihre Praxis."

„Die Hebamme? Ich hab das Schild gesehen, als ich hier reingefahren bin."

„Genau, das ist sie. Also, ich bin fast 35 und lebe mit meiner Mutter zusammen. Nicht gerade das, was Frauen wollen."

Ich weiß überhaupt nicht mehr, was ich von diesem Mann halten soll. Außer, dass ich ihn nackt sehen möchte.

„Es ist ja nicht so, als würdet ihr in einem Bett schlafen. Technisch gesehen, lebt ihr nur nebeneinander im selben Haus."

„Und das stört dich nicht?"

Was will er denn hören?

„Warum sollte es? Wenn die Umstände passen, sehe ich da

kein Problem. Ist ja sicherlich nicht so, als würde sie dich jeden Abend ins Bett bringen. Und du gehst sonntags bestimmt auch nicht mit ihr zusammen in die Badewanne."

Ich sollte wirklich aufhören, mir diese Freak-Kuppelshows im Fernsehen anzuschauen.

Gabriel macht ein angewidertes Geräusch. „Nein, ganz sicher nicht. Wir lassen uns meist in Ruhe. Ich störe sie nicht bei ihrem Herrenbesuch und sie lässt meine Damen in Ruhe."

„Deine Damen?" Es geht mich ja nichts an und ich will es auch eigentlich gar nicht wissen, doch die Frage kommt reflexartig über meine Lippen.

„Damen, Mädels, Frauen. Nenn es wie du willst."

Sein beiläufiges Schulterzucken würde ich ihm abnehmen, wenn ich nicht das schelmische Blitzen in seinen Augen bemerkt hätte.

Ich möchte ihn wirklich gerne küssen.

„Dann sollte ich jetzt besser gehen. Ich will ja nicht, dass wegen mir die Schlange vor der Tür zu lang wird."

Nur um zu sehen, wie weit er das Spiel mitspielt, schiebe ich meine Tasse von mir und stehe auf.

Gabriel greift sofort nach meinem Handgelenk und hält mich davon ab, auch nur einen Schritt zurückzutreten.

„Bleib! Bitte, Helena." Langsam lehnt er sich über die Theke. Er ist so nah, dass ich den süßlich-herben Duft des Tees in seinem Atem riechen kann. Nur noch wenige Zentimeter trennen unsere Lippen. Gabriel schaut immer wieder zwischen meinem Mund und meinen Augen hin und her. Mein Herz pocht heftig.

Drei Dinge passieren in der nächsten Sekunde beinahe gleichzeitig: Ein markerschütternder Donner lässt uns zusammenzucken, ein rotes Fellknäuel schießt zwischen meinen Füßen durch und Gabriel krümmt sich vor Schmerzen.

7.

„*Hund*? Du hast deine Katze *Hund* genannt?"

Mir laufen die Tränen über die Wangen, weil ich nicht aufhören kann, zu lachen. Den Namen seiner Katze hat er in den folgenden Sekunden einige Male gebrüllt. Diese Situation ist so bizarr, wie sie sonst nur in einer schlechten Slapstick-Komödie passieren kann.

Trotz seines schmerzverzerrten Blicks muss auch Gabriel lachen. Gemeinsam sitzen wir auf dem Küchenboden, wo er gerade seine blutigen Waden inspiziert.

Hund ist aus Angst vor dem Gewitter an seinen Beinen hochgewetzt, weil er auf seinen beschützenden Arm wollte. Durch die Schmerzensschreie völlig aus der Fassung gebracht, ist der arme Kater jetzt hinter den Mülleimer gekrochen, wo er schon faucht, wenn man ihn nur ansieht.

„Er ist mir zugelaufen, da war er so klein, dass er noch zu seiner Mutter gehört hätte. Ich konnte aber in der Umgebung keine Katze mit einem frischen Wurf ausmachen, obwohl ich die ganze Nachbarschaft abgeklappert habe. Eigentlich wollte ich ihn nicht behalten, aber er ist mir wie ein Hund überall hin gefolgt und ich hab es nicht übers Herz gebracht, ihn wegzugeben. Aus „Du bist wie ein Hund" wurde irgendwann der Name *Hund*."

„Und er kommt auf deinen Arm, wenn er Angst hat? Du weißt schon, dass das kein normales Katzenverhalten ist?"

Ich greife nach der Küchenrolle und reiße für ihn zwei Blätter ab, bevor das Blut auf den Boden tropft.

„Weiß ich", sagt er und drückt die Papiertücher auf die Kratzer. „Aber er war noch so klein, als er hier reingestolpert ist, dass ich ihn mit der Flasche aufziehen musste. Da hat er eine sehr skurrile Bindung zu mir entwickelt."

„Das solltest du desinfizieren. Katzenkrallen sind eine dreckige Angelegenheit. Hast du Betaisodona oder etwas Ähnliches hier?"

Vorsichtig schaue ich über meine Schulter zu *Hund*, was direkt mit einem garstigen Fauchen quittiert wird. Das Gewitter scheint erst begonnen zu haben.

„Im Bad. Spielst du jetzt meine Krankenschwester?", fragt er mit einem Zwinkern.

„Ein Ausflug in die Notaufnahme ist dafür wohl nicht notwendig. Aber ich kann dir ein paar Pflaster verpassen. Das bekomme ich mit anderthalb Händen gerade noch hin." Außerdem gibt es mir die Möglichkeit, seine Waden zu berühren. Hab ich schon erwähnt, dass ich eine Schwäche für muskulöse Männerwaden habe?

„Du wirst nicht nach Hause fahren, Helena. Es regnet immer noch wie aus Eimern und die Straßen stehen unter Wasser. Ich weiß nicht, wo das Problem liegt? Du musst morgen nicht arbeiten, also kannst du auch bei mir bleiben. Es gibt keinen guten Grund, um diese Uhrzeit überstürzt aufzubrechen."

Da der Donner nur noch in der Ferne zu hören ist, hat *Hund* sich wieder rausgetraut und gleich auf meinem Schoß breitgemacht. Die Sonne ist inzwischen vollständig untergegangen. Gabriel hat nur ein paar Kerzen angezündet und den kleinen Kamin angemacht, vor dem wir uns auf der Couch niedergelassen haben. Ehrlich gesagt, fühle ich mich hier wohl und bin auch müde genug, um auf der Stelle einzuschlafen.

„Ich will dir nicht zur Last fallen und außerdem gehöre ich in mein eigenes Bett." Lügnerin!

„Stimmt, ich finde es total belastend, mit dir Zeit zu verbringen. Deswegen kämpfe ich um jede Minute. Du bist echt ein Fall für sich, schöne Frau. Also, was wollen wir zu Abend essen?"

„Für mich gar nichts. Ich bin noch vom Mittagessen bei meinen Eltern satt. Zeig mir lieber deine Tattoos." Ich kann es ja mal versuchen.

„Das war doch vor Stunden. Und was bringt dich zu der Überzeugung, dass ich welche habe?"

„Ach, komm schon. Du bist Tätowierer. Gehört das da nicht zur Grundvorrausetzung? Sozusagen als Aushängeschild."

„Ich bin definitiv kein Aushängeschild", sagt er mit einem trockenen Lachen. „Aber wenn du zum Frühstück bleibst, dann darfst du sehen, wie ich nach dem Duschen nur mit einem Handtuch um die Hüften rumlaufe."

Das beantwortet mir zwar immer noch nicht die Frage, ob er Tattoos hat, ist aber eine sehr verlockende Aussicht.

„Erklär mir mal die Schuhe. Wie kommt ein Kerl wie du an solche Mädchenschuhe?"

Wir liegen uns auf der Couch gegenüber und ich habe den Weg in seine Arme gefunden, meine Hand schon wieder auf seinem Herzschlag. Als müsste ich mich davon überzeugen, dass er echt ist.

„Ganz einfach. Meine Ma hat eine Fehlbestellung für ihre Praxis gemacht und konnte sie aus irgendeinem Grund nicht mehr zurückschicken. Also hab ich sie genommen, um hier auf dem Hof rumzulaufen. Findest du sie so schlimm?"

„Nicht wirklich. Nur passen die nicht zu dir." Seufzend schmiege ich meinen Kopf in seine Halsbeuge und genieße seine Nähe. Gabriel streicht mir durch die Haare und berührt dabei immer wieder meine Ohrmuschel; neben meinem Hals der sensibelste Punkt an meinem Körper.

„Helena?“, flüstert er so leise, dass ich es beinahe nicht gehört hätte.

„Ja?“

„Ich möchte dich gerne küssen.“

Für einen Moment stockt mir der Atem, obwohl ich damit schon längst gerechnet habe.

„Warum tust du es dann nicht?“ Ich hebe meinen Kopf, um ihn ansehen zu können. Er ist ein hübscher Kerl, mit klaren, grünen Augen, die von langen, dichten Wimpern umrandet werden, für die die meisten Frauen töten würden.

„Weil ich mir bei noch keiner Frau so unsicher war, wie ich es bei dir bin. Und ich will es wirklich nicht versauen.“

„Ich hab Angst, Gabriel.“ Nicht vor dem Kuss, nein. Aber vor all dem, was darauf folgen könnte.

„Das sehe ich, *mon chouchou*.“ Er streichelt mit dem Daumen über meine Schläfe und sieht mich an. Nicht abwartend, nicht fordernd, einfach nur beobachtend.

Trotz seiner Zurückhaltung kann er seine körperlichen Reaktionen in dieser Position nur schwer verbergen, denn ich spüre ihn schon seit einigen Minuten hart an meinem Schoß. Es kostet mich große Anstrengung, mich nicht an ihm zu reiben.

Ganz zaghaft mache ich den ersten Schritt und küsse seinen Mundwinkel. Sein Bart kitzelt mich. Ein ungewohntes, aber nicht unangenehmes Gefühl.

Seufzend schließt Gabriel die Augen und greift dabei mit einer Hand in meine Haare, um mich von einem Rückzug abzuhalten. Noch zögerlich saugt er an meiner Unterlippe, ein Gefühl, dass mir direkt zwischen die Schenkel fährt. Die andere Hand schiebt er unter mein T-Shirt und legt sie einfach nur auf meine Taille. Das ist auch besser so, denn jetzt gerade möchte ich mich nur auf seine Lippen konzentrieren. Ganz vorsichtig taste ich mich mit der Zungenspitze vor. Gabriel öffnet die Lippen für mich und kommt mir entgegen. Als hätten wir nie etwas anderes getan, tanzen unsere Zungen miteinander. Lippen küssen, liebkosen, saugen. Für diesen Moment, nur für die eine Sekunde, verliere ich mich vollständig in diesem Mann.

Gabriel stöhnt an meinem Mund und schiebt sich näher an mich, doch meine Hand auf seinem Brustkorb zwischen uns, hält ihn zurück und bringt uns wieder in die Realität.

Unter keinen Umständen kann ich heute Nacht hier bleiben, denn auch wenn mein Körper eindeutig andere Signale sendet, bin ich noch nicht bereit, mich ihm hinzugeben.

8.

Meine Hand macht mich wahnsinnig. Der Verband juckt und die Fäden ziepen. Nichts kann ich richtig anfassen. Duschen und Haare waschen ist sehr anstrengend, wenn man nur eine Hand zur Verfügung hat. Auch wenn Gabriels wiederholtes Angebot, mit mir in die Duschkabine zu steigen, sehr verlockend ist, mag ich nicht darauf eingehen. Ich will beide Hände zur Verfügung haben, um ihn richtig berühren zu können.

Da ich erst in zwei Tagen wieder arbeiten gehen muss, haben wir in der letzten Woche viel Zeit miteinander verbracht. Es irritiert mich, dass er das Bedürfnis verspürt, sich um mich zu kümmern, doch ich genieße es auch. Aufmerksame Männer, davon habe ich bisher nicht viele kennengelernt. Gabriel ist nicht aufdringlich oder anhänglich, aber er ist da und er bemerkt, wenn ich Hilfe brauche. Und er schreibt gerne Kurznachrichten.

- Hey, Bettflüchtling. Kommst du heute Abend zu mir? Ich möchte dir was zeigen. G. –

Diese wenigen Worte bringen mich zum Lächeln. Meine Schlafgewohnheiten sind ihm nicht entgangen. Bisher hat er es nicht hinterfragt, doch der Tag wird zweifellos kommen, an dem er eine Erklärung erwartet. Es ist schon fast ein Ritual, dass er auf der Couch einschläft, wenn er hier ist und ich dann in mein Bett gehe, nur um eine Stunde später wieder zu ihm zu krabbeln und meinen dringend benötigten Nachtschlaf zu bekommen.

Bevor ich ihm antworten kann, schreckt mich eine weitere

Mitteilung auf.

- Lena, zum 2. Jahrgedächtnis würden wir dich gerne wiedersehen. Meine Eltern organisieren eine kleine Zusammenkunft bei sich. Du bist mehr als willkommen. Liebe Grüße, Karina –

In einem ersten Impuls hätte ich fast mein Handy an die Wand geworfen, nur um diese Worte loszuwerden.

In zwei Wochen sind es genau zwei Jahre. Ich habe immer versucht, so wenig wie möglich darüber nachzudenken, doch es hört einfach nicht auf. Wie lange muss ich noch die trauernde Witwe spielen?

- Neben dir schläft es sich so gut, da bevorzuge ich sogar die Couch. Wann hast du Feierabend? Dann komm ich runter und wir können zusammen fahren. L. –

Gerade würde ich alles tun, um mich abzulenken. Gabriels Anwesenheit, auch wenn ich sie nicht verdiene, ist eine perfekte Ablenkung.

- Ca. 21.30 Uhr. Ich sammele dich ein. Nächstes Mal kannst du mich gleich mit in dein Bett nehmen. G. –

Den Rest des Tages verbringe ich damit, meine Unterlagen zu sortieren und in der Badewanne zu entspannen. Oder es zumindest zu versuchen, denn dieses verfluchte Jahrgedächtnis hat sich wie ein schlechtes Gewissen auf mein Gemüt gelegt.

Punkt 21.30 Uhr klingelt Gabriel. Ich erspare ihm den Weg

in den ersten Stock und gehe schon nach unten. Mit Mühe bringe ich ein Lächeln auf mein Gesicht, bevor ich die Haustür öffne und ihm auf der Straße entgegentrete.

Sofort schließt er mich in seine Arme und küsst mich auf die Schläfe. Er sieht nicht, wie mir das Lächeln gleich wieder aus dem Gesicht fällt, doch er spürt meine angespannte Haltung.

„Was ist los?", fragt er und schiebt mich ein Stück von sich.

„Nichts. Alles in Ordnung. Nur Familienstress", winke ich ihn ab. „Können wir unterwegs noch etwas zu essen holen? Ich hatte heute noch keine vernünftige Mahlzeit."

„Okay", sagt er. Sein Gesichtsausdruck ist fragend, doch er drängt mich nicht weiter. Er nimmt meine Hand und zieht mich zu seinem Bus. Trotz seiner Geduld wird er sich nicht mehr lange mit halben Antworten zufrieden geben.

Wir fahren gerade auf Gabriels Hof, als eine Frau mit langen, braunen Haaren, die zu einem geflochtenen Zopf zusammengefasst sind, in den Beetle einsteigen will. Aufgeschreckt vom Motorengeräusch des T1 dreht sie sich um und lächelt. Unverkennbar Gabriels Mutter.

Sie schließt die bereits geöffnete Autotür und bleibt abwartend stehen, bis er eingeparkt hat.

„Hey, mein Sohn", begrüßt sie ihn liebevoll, während er mir die Tür aufhält. „*Hund* hat sich mal wieder bei mir reingeschlichen. Ich hab ihn bei dir gefüttert, nur dass du dich nicht wunderst. Du solltest wirklich langsam die Katzenklappe installieren."

„*Hund* darf nicht zu ihr, weil er sonst überall in der Praxis seine Haare hinterlässt", erklärt er mir und wendet sich dann wieder an seine Mutter. „Ich kümmere mich darum. Mama, das ist Helena", stellt er mich vor.

„Lena“, korrigiere ich ihn und strecke ihr meine Hand entgegen, die sie mit einem herzlichen Lächeln schüttelt.

„Hallo Lena. Freut mich, endlich mal das Gesicht zu den bewundernden Worten zu sehen. Mein Sohn spricht in den letzten Tagen von nichts anderem. Ich bin Dana.“

„Danke dafür“, knurrt Gabriel durch zusammengebissene Zähne. Ich weiß nicht, ob er vor Wut oder Scham rot wird.

„Er betont immer wieder, dass es okay für ihn ist, mit mir unter einem Dach zu wohnen, hat es sicher aber schon einige Male bereut“, sagt sie mit einem verschwörerischen Zwinkern in meine Richtung.

„Es war meine Idee und es ist okay, solange du mich nicht in Verlegenheit bringst. Musst du noch mal weg?“

„Bei Sabrina haben die Wehen eingesetzt. Das wird eine lange Nacht werden.“

„Melde dich, wenn du zu müde bist, um zurückzufahren. Ich hol dich ab.“ In einer kurzen Umarmung küsst er seine Mutter auf die Wange und nimmt dann meine Hand.

„Sehe ich dich jetzt öfter, Lena?“, fragt sie, während sie ihre Autotür wieder öffnet.

„Mama“, faucht Gabriel in ihre Richtung, doch ich sehe ihr Grinsen. Sie macht sich einen Spaß daraus.

„Vielleicht“, antworte ich schulterzuckend, was gleich dazu führt, dass Gabriel meine Hand in einen Klammergriff packt, aus dem ich mich nicht selbst befreien kann.

Ich schaffe es gerade noch, einen Abschiedsgruß zu rufen, bevor er mich energisch zu seiner Haustür zieht.

„Entschuldige meine Mutter, aber was heißt hier „vielleicht“?“, fragt er und schiebt mich ins Haus.

„Keine Ahnung. Ist das hier etwas Festes? Wir haben einander ja noch nicht mal nackt gesehen. Außerdem wohnst du noch bei deiner Mutter. Ich weiß wirklich nicht, ob ich damit klar komme."

Verzweifelt schüttelt Gabriel den Kopf und fährt sich durch die dunkelbraunen Locken, die ihm schon fast bis zum Kinn reichen. Er versteht heute scheinbar keinen Spaß.

„Dass meine Mutter hier wohnt, finden die meisten Frauen inakzeptabel. Dass wir einander noch nie nackt gesehen haben, liegt daran, dass wir jedes Mal in voller Montur einschlafen und du immer vor dem Frühstück abhaust, wenn wir bei mir sind."

Jedes Mal? Immer? Er redet, als würde das schon seit Wochen laufen.

„Warum bist du jetzt so aufgeregt? Ich finde das Verhältnis zu deiner Mutter bewundernswert und nicht merkwürdig. Sie scheint eine tolle Frau zu sein und soweit ich das beurteilen kann, habt ihr beide eine sehr respektvolle Beziehung. Mit meiner Mutter würde ich heute kein Wort mehr reden, wenn wir noch unter einem Dach leben würden."

Mit einem energischen Fußtritt schließt er die Haustür und zieht mich in seine Arme.

„Was noch die Frage offen lässt, wann ich dich nackt sehen darf."

„Zuerst wolltest du mir doch deine Tattoos zeigen. Das ist immer noch nicht passiert."

„Wie gesagt, du flüchtest ja andauernd vor mir oder zwingst mich, angezogen zu schlafen."

„Ich zwinge dich …" Sein warmer Mund an meinem Ohrläppchen lässt die Worte auf meinen Lippen ersterben. Meine Knie geben nach, doch er hat mich fest im Griff.

„Ich zeige es dir", haucht er zwischen sanften Küssen auf meinem Hals. „Aber zuerst wollte ich dir etwas anderes zeigen."

Für einen Moment denke ich an das, was gerade zwischen

uns wächst, da lässt Gabriel auch schon von mir ab und zieht mich an der Hand hinter sich her.

Verwirrt und aufgeheizt schüttele ich mich aus meiner Starre, die mir seine Berührung jedes Mal verschafft.

9.

„Wo gehen wir hin?", frage ich.

„Wirst du gleich sehen." Im Gehen hebt er meine Hand an seine Lippen und drückt einen Kuss auf meinen Handrücken. Er schiebt mich in die Küche und dort durch eine Tür, die zu einem offenen Raum mit einer bodentiefen Fensterfront führt. Bis auf ein paar Stühle und einen großen, rustikalen Holztisch, ist er unmöbliert. Auf dem Tisch liegt eine sehr teuer aussehende Kamera und das entsprechende Zubehör darum verteilt.

Erst auf den zweiten Blick erkenne ich das Zimmer als eine Art Fotoatelier.

„Ich wusste zwar, dass du fotografierst, aber das sieht ja richtig professionell aus", bemerke ich mit großem Erstaunen.

Er nimmt die Kamera vom Tisch und macht ein paar Bilder von mir. Ich bin nicht eitel genug, um das ständig zu wollen, aber ich habe auch nichts dagegen, wenn er Fotos von mir macht.

Der Raum wird nur vom Mondlicht erhellt, weshalb es mir einen kleinen Schreck einjagt, als *Hund* plötzlich wie ein Schatten um meine Beine streicht.

„Nächstes Wochenende habe ich Geburtstag", sagt Gabriel.

„35?"

„Leider, ja. Kommst du? Ich habe eine kleine Grillparty geplant. Sam und Emma werden da sein. Markus und Nadine auch, wenn sie einen Babysitter für die Zwillinge finden."

Langsam gehe ich auf ihn zu und nehme ihm die Kamera aus der Hand, die ich vorsichtig auf dem Tisch hinter mir ablege.

„Als was würde ich hier sein? Deine Freundin oder eine

Freundin?“ Ich habe kein Interesse an diesem Label, trotzdem wäre ich gerne vorbereitet.

„Das liegt bei dir, Helena. Ich bin mit beidem einverstanden. Allerdings muss ich dich warnen. Es wird auch Familie von mir anwesend sein, und bevor du auf die triffst, solltest du auf diese Frage eine Antwort haben.“

Sein Griff an meinen Hinterkopf und der darauffolgende stürmische Kuss überrumpeln mich. Nur wenige Momente später weiß ich, warum er das getan hat. Er unterbricht unsere Verbindung lange genug, um sich das T-Shirt über den Kopf zu ziehen und dann wieder seine Lippen auf meine zu pressen. Ich verschwende keine Zeit, meine Hände auf seinem nackten Rücken zu platzieren und kann kaum einen frustrierten Seufzer unterdrücken, weil ich nur mit meiner rechten, nicht verbundenen Hand fühlen kann.

Dennoch spüre ich die feinen Linien unter meinen Fingerkuppen. Langsam lasse ich sie über seine warme Haut wandern. Das Tattoo nimmt offensichtlich fast den gesamten Rücken ein.

„Darf ich es mir anschauen?“, frage ich.

Wortlos dreht er sich um und stützt sich mit den Händen auf dem Tisch ab.

Das Licht ist mehr als ausreichend, um es erkennen zu können, doch das ändert nichts daran, dass ich einen Moment brauche, um zu begreifen, was ich dort sehe.

„Wunderschön.“ Mit meiner unverletzten Hand streiche ich über den stolzen, nachtschwarzen Raben, der vom Schulterblatt bis zum unteren Rücken reicht. Nur mit schwarzer Tinte gestochen, sieht er so plastisch aus, als würde er sich jeden Moment bewegen.

Gabriel atmet schwer unter meiner Berührung. Wir kennen uns erst kurz, doch ich spüre, dass nicht Erregung sexueller

Natur der Auslöser ist. Ganz im Gegenteil, er ringt um Fassung. Dieses Tattoo hat eine tiefe Bedeutung für ihn und er bemüht sich, nicht zusammenzubrechen.

Ich erkenne das Gefühl, weil es mir zu vertraut ist.

Nur für ein paar Sekunden schlinge ich meine Arme um seine Taille und küsse ihn zwischen die Schulterblätter. Dann ziehe ich das T-Shirt aus seinen verkrampften Finger hervor und helfe ihm, es wieder überzustreifen.

Ich habe das Gefühl, er hat mir damit gerade großes Vertrauen bewiesen. Obwohl ich bezweifle, dass ich die erste Frau bin, die ihn in letzter Zeit nackt gesehen hat.

Wieder bekleidet dreht Gabriel sich zu mir und fährt sich nervös durch die Haare. Falls er glaubt, dass ich eine Erklärung erwarte, ist er schief gewickelt. Sein Vertrauen verdiene ich nicht und Erklärungen seinerseits führen nur zu Forderungen an mich.

„Also wolltest du mir zeigen, was du hier machst?“, lenke ich ab.

„Ja, wollte ich.“ Immer noch ziemlich abwesend geht er zu einem Stuhl in der Ecke des Raums und nimmt den dort abgelegten Laptop hoch. Er stellt ihn in die Mitte des Tischs und klappt ihn auf. Während der hochfährt, packt Gabriel mich an den Hüften und setzt mich auf die Tischplatte.

„Jetzt zerstöre ich zwar komplett das Image, das du mir gerne anheften möchtest, aber da musst du durch.“

Über den Computer gebeugt, legt er einen Arm um meine Taille. Mit der freien Hand bearbeitet er das Touchpad, um einen Ordner aufzurufen. Ich muss ihm einfach durch die braunen Locken fahren. Mit einem genüsslichen Seufzen schließt er die Augen und vergräbt das Gesicht in meinem Schoß. Ich kann seinen heißen Atem durch den Stoff meiner Jeans spüren.

„Also los, zerstör dein Bad-Boy-Image", sage ich und ziehe ihn leicht an den Haaren.

Nur sehr unwillig konzentriert er sich wieder auf den Laptop.

„Dazu muss ich dir was erklären", sagt er, bevor er den aufgerufenen Ordner öffnet. „Ich bin kein professioneller Fotograf. Nichts davon hab ich gelernt und alles habe ich mir auf eigene Faust angeeignet."

„Nun zeig schon. Wenn du schlecht wärst, dann hättest du dir hier kein Studio eingerichtet."

„Die Bilder sind sehr intim, Helena. Eigentlich sollte ich das niemandem zeigen."

„Dann lass es." Ich will wirklich keine Fotos von nackten Weibern sehen, die er vielleicht mal in seinem Bett hatte.

„Ich will es aber. Es ist nicht das, was du erwartest. Bei ausgewählten Eltern, mit denen meine Mutter das vorher auf Wunsch verabredet hat, gehe ich sofort nach der Entbindung in den Kreissaal und mache Aufnahmen von der neuen Familie."

Stimmt, das habe ich wirklich nicht erwartet. Jetzt hat er meine Aufmerksamkeit.

„Du musst entscheiden, ob es in Ordnung ist, mir diese Bilder zu zeigen. Ich würde gerne sehen, was du kannst."

Ohne Umschweife öffnet er den Ordner und startet eine Diashow. Was er mir da zeigt, verschlägt mir die Sprache. Die Bilder gehen wahrscheinlich gegen jede Regel der Fotografie und sind gerade deswegen perfekt. Es hat ausschließlich in schwarz-weiß fotografiert, doch ansonsten auf jede Bearbeitung verzichtet. Man sieht noch den Schweiß auf der Stirn der Mütter und die Glückstränen. Auch die völlig überwältigten und verängstigen Gesichter der Väter hat er nicht ausgespart. Gerade weil er die ganzen Makel nicht ausblendet, schafft er es, den Moment perfekt einzufangen. Die überwältigende Liebe, der Schock eines neuen Lebensabschnitts, all das spürt man auf jedem einzelnen Foto. Zwar hat er auch die Babys fotografiert, doch er hat sie nicht zum Mittelpunkt des Geschehens gemacht, sondern mit einer unglaublichen Tiefe die Gesamtsituation eingefangen.

Ich weiß nicht, wie lange ich schon auf den Bildschirm starre, doch Gabriel ist beängstigend ruhig. Als ich zur Seite schaue, sehe ich ihn an seinem Daumennagel knabbern.

„Hör auf damit", sage ich und ziehe an seiner Hand. „Die Bilder sind wahnsinnig toll. Damit machst du bestimmt eine Menge Geld, wenn sich das weit genug rumspricht."

„Ach, dafür tue ich es nicht. Für die Fotos nehme ich kein Geld, außer einer Unkostenerstattung für die Abzüge. Ich bin immer nur froh, wenn ich den geldgeilen Fotografen zuvor kommen kann, die die Babystationen der Krankenhäuser abklappern und dabei die frischgebackenen Eltern für Fotos abzocken, die inzwischen jeder Idiot mit seiner Handykamera besser hinbekommt."

„Dafür solltest du Geld verlangen. Das sind einzigartige Erinnerungen, die du da schaffst."

„Willst du Kinder, Helena?", fragt er völlig aus dem Nichts. Seine Frage verwirrt mich. Trotz dem, was wir uns hier gerade ansehen, klingt es, als könnte er sich das absolut nicht vorstellen.

Da ich für mich selbst in naher Zukunft eigentlich keine stabile Beziehung sehe, sind Kinder das Letzte, worüber ich nachdenke.

„Es ist nicht unbedingt eine Frage, was ich will. Es wäre nur besser, wenn ich keine bekommen würde." Weil ich die Aussicht darauf, eine alleinerziehende Mutter zu werden, nicht unbedingt amüsant finde.

„Wie kommst du darauf?“

Weil mich jeder Kerl irgendwann einfach nur noch nervt, aber das kann ich ihm, oder irgendjemand sonst, ja schlecht sagen.

„Können wir wieder rübergehen? Jetzt hätte ich gerne ein Glas Wein“, versuche ich ihn vom Thema abzubringen.

Gabriel stellt sich aufrecht hin und greift unter meine Knie, um mich an den Rand des Tisches zu ziehen.

„Wirst du jemals auch nur einen klitzekleinen Fetzen davon preisgeben, was in deinem hübschen Kopf vor sich geht?“, fragt er und nimmt die Kamera vom Tisch.

„Vielleicht, wenn du dich geschickt anstellst.“ Nicht, wenn ich es verhindern kann.

10.

„Drei Dinge, die niemand über dich weiß.“

Er gibt einfach nicht auf.

„Nur wenn du mitmachst.“ Auch wenn er unbedingt all meine schmutzigen Geheimnisse wissen will, hat er es wenigsten geschafft, mich von diesem beschissenen Jahrgedächtnis abzulenken.

„Deal. Ich hoffe, du bist für die bittere Wahrheit gewappnet.“

Mit einem Glas Wein in der Hand sitze ich an seine Schulter gelehnt auf der Couch.

„Du fängst an.“ Erst will ich einschätzen, auf welchem Niveau wir dieses Spiel spielen.

„Okay.“ Gabriel nimmt einen Schluck von seinem Wein und setzt sich ein wenig aufrechter.

„Meine Mutter hat mich einmal dabei erwischt, wie ich mir vor einem 70er Jahre Porno einen runtergeholt habe.“

Das Niveau gefällt mir.

„Ernsthaft? Ich persönlich habe ja schon meine Probleme, den Reiz von Pornografie zu verstehen. Aber aus den 70ern? Mit buschigen Popelbremsen und mehr Achselbehaarung als eine Frau unter 60 haben sollte?“

„So was in der Art, ja. Aber hey, ich war 19 und wie jeder Teenager dauergeil. Das war zu dem Zeitpunkt alles, was ich an Material bekommen konnte. Damals war das Internet noch in den Anfängen.“

„Was hat deine Mutter gesagt?“

„Kein Wort. Aber sie hat mir auch für mindestens eine Woche nicht mehr in die Augen schauen können. Ich glaube, seitdem hat sie keinen Raum mehr betreten, ohne vorher anzuklopfen.“

„Das kann ich nachvollziehen. Niemand will sein Kind in dieser Situation sehen.“ Ich hätte nichts dagegen, Gabriel dabei zuzuschauen. Der Gedanke alleine lässt einen Schwung Hitze in meinen Schoß strömen.

„Jetzt bist du dran.“

Das hatte ich befürchtet.

„Okay, wo wir gerade bei Peinlichkeiten zwischen Kindern und Eltern sind. Als ich 13 Jahre alt war, ist meine Mutter für ein Wochenende mit ihrer Schwester weggefahren. Ausgerechnet an diesem Wochenende musste ich zum ersten Mal meine Periode bekommen. Ich bin mir nicht sicher, ob du das weiter hören willst.“

Kein Mann redet gerne über solchen Frauenkram.

„Natürlich. Erzähl weiter." Zärtlich streicht er mir durch die Haare. Ich könnte mich daran gewöhnen, mit ihm Zeit zu verbringen, doch der Gedanke alleine löst schon Panik in mir aus.

„Ich bin ziemlich hysterisch geworden, weil ich nicht verstanden habe, was passiert. Natürlich war ich aufgeklärt, aber in dem Moment konnte ich diese Infos nicht mit dem verbinden, was mit mir geschieht. Ich habe ehrlich gedacht, ich wäre verletzt. Meine Mutter war nicht erreichbar und mein Vater hat sich schnell von meiner Panik anstecken lassen. Schließlich hat er mich gepackt und in die Notaufnahme gebracht. Dort hat er alles ohne Scham mit den Ärzten und Schwestern geklärt, aber wir haben anschließend nie wieder darüber gesprochen. Meine Mutter hat erst Jahre später davon erfahren.“

„Klingt, als hättest du einen tollen Papa.“

Gabriel spricht über seinen eigenen Vater überhaupt nicht. Er umgeht das Thema jedes Mal so geschickt, als hätte diese Person nie existiert.

„Das ist er.“ Auch wenn wir uns sehr distanziert haben.

Trotz der Themen, die wir beide umschiffen, sprechen wir eigentlich viel über unsere Familien.

„Jetzt bist du wieder dran. Wobei die Pornogeschichte ja schon fast doppelt zählt.“

„Ich möchte nur noch mal betonen, dass du gewarnt warst, liebe Helena.“

Er kann mir nichts erzählen, was mich wirklich schockieren könnte, doch jetzt muss ich ihn ansehen. Ich stelle das Weinglas neben mir ab und drehe mich zu ihm um.

„Es war deine Idee, also sprich.“

„Ich habe von meinem sechsten bis zu meinem siebzehnten Lebensjahr Ballett getanzt.“

Es fällt mir schwer, ihm das abzunehmen, auch wenn mich die Vorstellung zum Lachen bringt.

„Ich glaub dir kein Wort. Wenn du drauf bestehst, dann will ich das irgendwann mal sehen.“

„Nur über meine Leiche.“

Unter meinen Fingerspitzen fühle ich, wie ein Lachen seinen Brustkorb erschüttert. Schon wieder findet meine unverbundene Hand den Weg auf sein Herz. Er ist so lebendig.

„Ich bin keine Frau, die wegen jedem Mist in Tränen ausbricht. Aber es gibt eine Sache, die mich garantiert zum Heulen bringt: Wenn meine Mama weint. Ich weiß nicht, was das ist, aber auch heute noch, mit fast 30, bringt mich das völlig aus der Fassung. Ist das merkwürdig?“ Es könnte zumindest ein Grund sein, warum ich es in letzter Zeit vorziehe, sie wütend zu machen.

„Überhaupt nicht. Ich kann das nachvollziehen. Vielleicht ist das tief in unsere Gene programmiert. Es gibt für Kinder keinen eindeutigeren Indikator für den Weltuntergang, als zu sehen, wie das stärkste Glied der Familie Schwäche und Überforderung zeigt."

„Siehst du das so? Dass Mütter das stärkste Bindeglied einer Familie sind?"

„Auf jeden Fall. Es gibt sicher auch Ausnahmen, aber ich habe einen Heidenrespekt vor meiner Mutter. Es gibt ein paar Dinge, über die reden wir irgendwann mal, aber aufgrund dieser Sachen kann ich sagen, dass meine Mutter alles tun würde, um mich zu schützen. Auch heute noch. Mein Vater ist gestorben, als ich 17 war, doch trotz allem, was damals passiert ist, hat sie unmissverständlich klar gemacht, wer das Oberhaupt der Familie ist. Natürlich habe ich sie als Teenager oft dafür gehasst, aber jetzt habe ich einfach nur jede Menge Respekt für sie übrig. Ich wäre heute an einem ganz anderen Platz in meinem Leben, wenn sie nicht gewesen wäre."

All das klingt recht dramatisch und es macht mich wahrscheinlich zu einem ziemlichen Arschloch, dass ein Teil von mir gar keine weiteren Einzelheiten wissen will.

„Jetzt bist du wieder dran."

„Seit ich dich zum ersten Mal gesehen habe, gehst du mir nicht mehr aus dem Kopf. Seit wir das erste Mal miteinander gesprochen haben, fantasiere ich darüber, wie du schmeckst. Seit wir uns geküsst haben, bin ich praktisch dauerhart und kann an nichts anderes denken, als endlich in dir zu sein."

Ehe ich auf seine Aussage reagieren kann, hat er mich eng an sich gezogen. Mit einem Griff an meine Oberschenkel spreizt er meine Knie und lässt mich auf seinen Hüften nieder. Er stellt sein Weinglas auf den Tisch und nimmt die Kamera, die er aus dem Atelier mit herübergebracht hat, vom Couchtisch, um sie einzuschalten. Mit ein wenig Abstand beobachtet er mich auf dem kleinen Display und drückt immer wieder auf den Auslöser.

„Ich bin eine Witwe." Das wissen zwar viele Leute, doch

ich muss das vor ihm aussprechen.

„Ich weiß, Helena."

„Woher?"

„Weil der Abdruck an deinem rechten Ringfinger wie eine Narbe ist, die dich an eine Verletzung erinnert. Wenn du nervös bist, dann reibst du immerzu über diese Stelle."

Wie recht er damit hat, kann er gar nicht ahnen, doch seine Vorstellung meiner Verletzung geht höchstwahrscheinlich in eine ganz andere Richtung.

„Was ich daran nicht verstehe, ist die Tatsache, dass nicht ein einziges Detail in deiner Wohnung auf diese Vergangenheit hinweist. Keine Fotos oder Andenken."

Seine freie Hand wandert unter mein T-Shirt und verweilt auf meinem nackten Bauch. Wenn er solche Themen anschlägt, dann sollte er mich nicht so berühren. Unter seinen Händen kann ich für nichts garantieren, was mir über die Lippen kommt.

Trotz des ernsten Themas spüre ich ihn hart zwischen meinen Schenkeln und kann nicht anders, als mich kurz an ihm zu reiben. Er sieht mir in die Augen, als sein Blick verschwimmt und er sich bemüht, ein Stöhnen zu unterdrücken.

„Bilde dir nicht ein, ich wüsste nicht, was du gerade versuchst", presst er zwischen zusammengebissenen Zähnen hervor und nutzt den Moment, um noch mehr Fotos von mir zu machen.

„Ich versuche gar nichts, Gabriel. Das Einzige, was ich gerade versuche, ist der Versuchung zu widerstehen." Und natürlich vom Thema abzulenken.

„Welcher Versuchung?" Immer wieder drückt er auf den Auslöser. Ich frage mich, wie er mich aus dieser Perspektive gerade sieht.

„Dir! Du bist die Versuchung." Schon das Aussprechen der

Worte verursacht ein Flattern in meinem Unterleib.

„Du kannst mich haben, Helena. Deine Zurückhaltung akzeptiere ich, aber es sind nicht meine Gründe, die dich zurückhalten."

Er zieht die Hand unter meinem Shirt wieder weg, um die Kamera neu einzustellen. Auch wenn ich ihn gerne noch länger gespürt hätte, nutze ich den Augenblick und rutsche ein Stück zurück, damit ich seine Erektion nicht weiter zwischen uns einklemme.

„Flüchtest du?", fragt er und legt die Kamera beiseite.

„Ich will dir nur nicht wehtun", antworte ich mit einem Kopfschütteln. „Das wird sonst ganz schön eng zwischen uns." Zur Bekräftigung meiner Aussage streichle ich einmal kurz über die Ausbuchtung in seinem Schoß.

„Helena!" Es sollte eine Warnung werden, doch es kommt mehr wie ein Flehen über seine Lippen.

„Gabriel!", erwidere ich seinen Ausruf.

„Wenn du mich anfassen möchtest, dann tu es einfach. Was du veranstaltest, ist pure Folter."

„Du hast eine Kamera in Reichweite, da werde ich mich oder dich sicher nicht ausziehen." Und dennoch lege ich meine Hand wieder auf die Beule im Schritt seiner Jeans.

„Im Moment habe ich sie aber nicht in den Fingern. So etwas würde ich nie ohne deine ausdrückliche Zustimmung machen. Aber jetzt musst du mir wirklich ein wenig Erleichterung gönnen", sagt er und legt seine Finger auf meine, die er dann leicht zusammendrückt. Bei dem Gedanken daran, was sich hinter dieser Knopfleiste verbergen könnte, läuft mir das Wasser im Mund zusammen.

Ich würde mich ja darüber empören, dass er mir praktisch vorschlägt, ihm einen Handjob zu verpassen, wenn mich die Vorstellung nicht wahnsinnig erregen würde.

Doch scheinbar habe ich die Aussage missverstanden. Gabriel schiebt meine Hand beiseite und öffnet mit geübtem Griff seine Hose.

„Schon besser", seufzt er erleichtert.

Natürlich starre ich jetzt auf die schwarze, enganliegende Boxershorts unter seiner Jeans, die gar keinen Spielraum für Interpretationen lässt. Gabriel nimmt die Hände weg und greift nach der Kamera. Unermüdlich und mit ruhiger Hand fotografiert er mein Gesicht.

Ich möchte ihn gerne berühren.

„Du bist wunderschön." Aus seinem Mund klingt es nicht wie ein Kompliment, sondern wie eine simple Feststellung. Darum verspüre ich vielleicht auch nicht das Bedürfnis, die Worte abzuwehren.

„Für einen Kerl bist du auch nicht zu verachten", bemerke ich zwinkernd. Nur mit Mühe kann ich den Blick von seiner beachtlichen Erektion abwenden.

„Ich nehme das jetzt mal als Kompliment. Zieh mein Shirt hoch. Ich will deine Hände auf meiner Haut."

Seine Worte sind fordernd, aber sein Tonfall ist sanft. Nur deswegen komme ich dem nach. Und natürlich, weil Gabriels Oberkörper ein Anblick ist, den ich mir nie entgehen lassen würde, schon gar nicht, wenn ich ihn berühren darf. Vorsichtig legt er die Kamera beiseite, damit ich ihn leichter ausziehen kann. Mit seiner Hilfe fliegt sein Shirt wenige Sekunden später hinter mir auf den Boden.

Auch wenn meine linke Hand immer noch verbunden ist, sind meine Fingerspitzen frei, um ihn zu spüren.

„Ich kann es nicht erwarten, dein hübsches Gesicht zu beobachten, wenn du unter mir kommst."

Er hat keine Ahnung, was er mir mit solchen Worten antut.

Seufzend schließt er die Augen und genießt meine Berührung. Seine Arme werden von einer Gänsehaut überzogen, als ich über eine Brustwarze streichle, die vor meinen Augen hart wird.

„Helena“, stöhnt er und sieht mich wieder an.

Ich rutsche ein Stück zurück, bis ich nur noch auf seinen Knien sitze, um einen Weg von seinem Hals zu seiner Brust zu küssen. Er ist unglaublich warm, doch dieses Empfinden kommt vermutlich nur daher, dass ich seit Jahren keinen Körperkontakt in dieser Form hatte. Mein erster Kuss auf seinem Nippel bringt ihn dazu, unwillkürlich sein Becken anzuheben. Mit einem verschlagenen Grinsen steige ich von seinem Schoß und dränge mich auf Knien zwischen seine Oberschenkel. Sanft lecke und küsse ich mir einen Weg zu seinem Bauchnabel, doch Gabriel greift in meine Haare und hält mich in Position.

„Spiel keine Spielchen mit mir, Helena“, keucht er. „Ich bin so hart wie schon lange nicht mehr. Und wenn du nicht planst, etwas dagegen zu tun, dann werde ich es machen müssen.“

Trotz seiner Worte zieht er mich zu einem Kuss heran, der mir den Atem raubt und unser beider Erregung nicht gerade verbessert.

„Was willst du denn tun, Gabriel?“, frage ich gespielt unschuldig.

„Was ich bei jeder Dusche tue, seit du zum ersten Mal auf mir geschlafen hast und ich die ganze Nacht deine kleinen Seufzer in meinem Ohr ertragen musste.“

„Ertragen? War es so schrecklich?“

Immer noch hält er meinen Kopf, doch meine Hand kann ich zwischen uns wandern lassen. Als ich sie über seinen Ständer lege, presst er gequält die Lippen zusammen und atmet heftig durch die Nase.

„Nichts davon ist schrecklich“, bringt er schließlich hervor. „Aber du fühlst dich sehr gut an und ich versuche wirklich, in deiner Gegenwart das Richtige zu tun.“

Ganz leicht massiere ich ihn durch den dünnen Stoff seiner Shorts.

„Was ist denn das Richtige, aus deiner Perspektive?“ Ich kann nicht mehr warten und muss ihn Haut an Haut spüren, also ziehe ich das Bündchen seiner Shorts ein Stück herunter und umschließe die warme, seidige Haut mit den Fingern.

„Jetzt gerade fällt es mir schwer, zu denken.“

„Versuch es!“, fordere ich und massiere ihn langsam auf und ab.

Gabriel lässt mich los und verschränkt die Arme hinter dem Kopf. Unter meinen Fingern wird er noch härter.

„Du bist atemberaubend, ohne dir ansatzweise darüber bewusst zu sein. Es liegt nicht daran, dass du kein Selbstbewusstsein hast. Du weißt, wie du aussiehst. Dir fehlt nur die nötige Arroganz, um das nach außen zu tragen.“

Seine Atmung geht immer schneller. Ich setze mich auf, damit ich ihn besser sehen kann.

Natürlich kann ich nicht anders, als einen Blick nach unten zu werfen, um das zu betrachten, was ich schon die ganze Zeit spüre.

„Ist das etwas Gutes?“, frage ich und fahre mit dem Daumen über die bereits von seinen Lusttropfen benetzte Eichel. Lieber hätte ich beide Hände zur Verfügung, doch das muss nun auch so gehen.

„Etwas sehr Gutes“, keucht er und schließt die Augen.

„Willst du kommen?“ Ich umfasse ihn ein wenig fester, während ich ihn langsam weitermassiere.

„Das ist keine Frage des Wollens mehr, schöne Frau. Das wird jeden Moment passieren.“

Ich nehme es als Aufforderung und bewege meine Hand schneller.

„Oh … Oh Gott …“, stöhnt er und greift mit beiden Händen an meine Schultern. Während er in heißen Schüben über meine Hand kommt, reißt er die Augen auf und sieht mich direkt an. Für einen Moment scheint er am ganzen Körper zu zittern, bevor er sich total entspannt.

In diesem Augenblick bräuchte ich nur eine kurze Berührung unter meinem Höschen und ich würde ihm sofort folgen. Ich spüre, wie gerötet meine Wangen sind. Nicht vor Scham, sondern durch eine Erregung, wie ich sie schon lange nicht mehr gespürt habe.

Ich will aufstehen, damit er sich säubern kann, doch er hält meine Handgelenke fest. Plötzlich lacht er mich an. Seine vollen Lippen werden zu zwei dünnen Strichen, so breit ist sein Lachen.

„Was ist so lustig?“, frage ich verunsichert.

„Gar nichts“, sagt er und greift nach der Kamera. Schon fängt er wieder an, mich zu fotografieren.

„Warum lachst du dann? Und was noch viel wichtiger ist, warum musst du mich ausgerechnet jetzt fotografieren?“

„Weil ich ungewohnt glücklich bin, wenn wir zusammen sind und weil ich unbedingt ein Bild von diesem hungrigen Blick brauche, bevor ich mich um dich kümmere.“

Ungewohnt glücklich, sagt er. Er sollte sich besser nicht dran gewöhnen. Niemand bleibt in meiner Nähe lange glücklich, aber ich bin auch zu egoistisch, um mich jetzt noch von ihm zu distanzieren.

11.

Endlich bin ich die verfluchten Fäden los. Meine Handfläche ist nur noch mit einem Pflaster geschützt, das ich hoffentlich bald weglassen kann. Auch wenn es durch die Wundheilung jetzt juckt, habe ich zumindest wieder einen besseren Griff und kann ohne Plastiktüte über der Hand duschen.

Immer wieder driften meine Gedanken zu Gabriel. Mit einem Wagen voller Rückgaben stehe ich vor dem Regal mit Biographien und grinse wie ein Idiot. Auch wenn ich es vermeiden möchte, ich kann es nicht. Er ist in meinem Kopf und schleicht sich erfolgreich in mein Leben.

Noch etwas hat er geschafft, das mir erst bewusst geworden ist, weil es jetzt verschwunden ist. Dieses betäubte, abgestumpfte Gefühl der letzten zwei Jahre hat sich von meinem Gemüt gehoben und er ist derzeit die einzige Erklärung.

„Ich weiß ja nicht, wer dich flachgelegt hat, aber er muss sehr gut gewesen sein", grinst mich Steffi durch eine Lücke im Regal an. Ich habe sie gar nicht bemerkt, so sehr war ich in meine Gedanken versunken.

„Ach was", wimmele ich sie ab. „Die paar Tage Zwangspause haben mir einfach ganz gut getan. Niemand hat mich flachgelegt." Noch nicht.

„Das müssen sehr gute Tage gewesen sein. Ich hab dich noch nie derart lächeln gesehen."

Ich weiß, dass ich ein Griesgram sein kann, aber das es auffällt, wenn ich mal gut drauf bin, gibt mir schon zu denken.

„Du hast doch einen besseren Überblick über die Bildbände. Gibt es da eine gute Ausgabe über Schwarz-Weiß-Fotografie?", frage ich sie.

„Wir können gleich mal zusammen nachschauen. Hast du

ein neues Hobby?“

„Ich? Nein. Im Kreativbereich bin ich in ziemlich jeder Richtung talentbefreit. Ich suche ein Geschenk für jemanden und wollte es mir erst anschauen, bevor ich es kaufe.“

„Für jemanden?“, fragt sie mit einem wissenden Grinsen.

Ich hasse es, wenn sie das tut.

„Ja, Steffi. Für jemanden! Und nein, es gibt nichts zu erzählen.“

„Schade. Ich dachte schon, ich hätte das Geheimnis deiner guten Laune gelüftet.“

„Darf ich nicht mal gut drauf sein, ohne gleich darauf angesprochen zu werden?“

„Süße, ich mag dich sehr, aber bei dir fällt es wirklich auf. Du bist sonst immer in dich gekehrt und verschlossen.“

Meine einzige Reaktion darauf besteht darin, die Lücke im Regal mit Büchern zu füllen und sie damit auszublenden.

Ich mag es, ihn zu betrachten, wenn er sich unbeobachtet fühlt. Nach einem langen Tag in der Bibliothek ziehe ich mich mit einem Becher Tee auf den Balkon zurück und schaue über die Brüstung in den Shop. Zwar erhasche ich immer nur einen flüchtigen Blick von ihm, doch das reicht mir für den Moment.

Er verhält sich anders, wenn er mit mir zusammen ist. Am Anfang war mir das nicht bewusst, aber obwohl er gerne flirtet, bleibt er distanziert. Bei mir ist er das nicht und war es eigentlich nie.

Wie ich, knabbert auch er an seiner Vergangenheit und ist dahingehend sehr verschlossen, doch mir gegenüber trägt er sein Herz auf der Zunge.

Ich will den Vergleich nicht anstellen, aber Sebastian war nie so. Seine Umarmungen waren immer steif und gezwungen. Oft hatte ich das Gefühl, er hat meine Nähe außerhalb vom Sex nur geduldet und war erleichtert, wenn ich ihm nicht mehr als nötig auf den Leib gerückt bin. Sowohl körperlich als auch emotional. Das Verlangen, mich bei ihm anzulehnen und auch mal auszuweinen, hat er mir innerhalb kürzester Zeit ausgetrieben, weil er stets die Flucht ergriffen und mich an andere Personen abgeschoben hat.

Im Rückblick kann ich unsere Beziehung kaum noch nachvollziehen, damals habe ich es akzeptiert, weil ich ihn bis zu einem gewissen Punkt sehr geliebt habe.

Doch an diesem warmen Sommerabend, mit dem perfekten Ausblick, lasse ich es nicht zu, mich von diesen Gefühlen herunterziehen zu lassen. Das bevorstehende Jahrgedächtnis in zehn Tagen wird das erfolgreich ohne mein Zutun schaffen.

Inzwischen sind wir an diesem Punkt, wo es keiner festen Verabredung bedarf, um sich zu treffen. Darum erwarte ich ihn schon, als er nach Ladenschluss den Shop verlässt und sich auf der Straße von Sam und Markus verabschiedet.

Ich betätige den Türöffner, ehe er auf die Klingel drücken kann. Atemlos rennt er die Treppe hoch und mir entgegen. Ohne ein Wort schiebt er mich in die Diele und schmeißt die Wohnungstür hinter uns zu. Als wären wir magnetisch voneinander angezogen, bin ich sofort in seinen Armen.

„Hmm…“, seufzt er, Sekunden bevor sich unsere Lippen treffen. Da ich nur eine Pyjamahose und ein dünnes Trägertop trage, bemerkt er sofort, wie meine Nippel hart werden. Er grinst an meinem Mund, erfreut über die Reaktion, die er mir erfolgreich entlockt. Nur kurz necken sich unsere Zungen, als er auch schon von mir ablässt.

„Dein Verband ist ab“, bemerkt er und schiebt seine beiden

Hände in meine Hose, um mein Hinterteil zu umfassen.

„Gott sei Dank. Jetzt kann ich dich endlich richtig fühlen.“

„Oh, ich denke du hast mich vorgestern schon ziemlich erfolgreich gespürt, wenn mich meine Erinnerung nicht trügt. Ich bin immer noch enttäuscht, dass ich mich nicht revanchieren durfte.“

„Das war … naja … ungeplant. Ich konnte einfach nicht widerstehen, aber eigentlich wollte ich erst wieder beide Hände zur Verfügung haben.“

„Ich mag mir gar nicht vorstellen, was du mit beiden Händen schaffst, wenn ich da nur an deine einhändige „Arbeit“ denke.“ Grinsend vergräbt er sein Gesicht an meinem Hals und küsst eine Spur von meinem Schlüsselbein zu meinem Ohrläppchen. Seufzend schmiege ich mich an ihn und spüre seinen Schaft schon hart zwischen uns.

„Noch habe ich ein Pflaster“, sage ich und halte meine linke Hand hoch. „Aber vielleicht habe ich ja noch ein zweites Geburtstagsgeschenk für dich, denn bis dahin kann ich es ganz weglassen.“

„Ist das eine dezente Form der Abfuhr?“ wispert er in mein Ohr. Nicht gerade zaghaft massiert er meine Pobacken und presst mich an seinen Ständer.

„Für den Moment.“ Das Pflaster an meiner Hand ist nur eine schlechte Ausrede. Ich weiß selbst nicht, was mich davon abhält, mit ihm zu schlafen. Die körperliche Seite ist nicht das Problem. Ich bin zwar keine Frau, die mit jedem Kerl gleich ins Bett steigt, aber grundsätzlich sehe ich wenig Sinn darin, das Unvermeidliche unnötig hinauszuzögern.

Die Wahrheit ist, ich will Gabriel so sehr, dass es schmerzt. Aber diese Beziehung auf ein neues Level zu bringen, macht mir Angst.

12.

Ich bin unsicher. Und das bin ich eigentlich selten. Normalerweise stehe ich zu meinen Entscheidungen, aber Gabriel ein Geschenk zu machen, wirft mich ein wenig aus der Bahn.

Ich habe einen wunderschönen Bildband mit Schwarz-Weiß-Fotografien gefunden, der gleichzeitig im hinteren Teil einen Ratgeber beinhaltet. Doch wie ich es drehe und wende, meine Zweifel schaukeln sich immer weiter hoch. Versteht er es als Kritik, dass seine Fotos verbesserungswürdig sind? Findet er das Buch grundsätzlich nicht gut? Ist es zu teuer, um noch unverbindlich zu sein?

Nachdenklich spiele ich mit der silbernen Schleife auf dem schwarzen Geschenkpapier, bis mich ein Klopfen an der Autoscheibe aus meinen Überlegungen reißt. Ich hatte gehofft, Zeit stehlen zu können, ehe ich mich in das Getümmel auf Gabriels Hof stürzen muss. Damit ich nicht sofort entdeckt werde, habe ich das Auto an der Straße geparkt, aber Gabriel hat mich gefunden.

Er geht um den Wagen herum und steigt auf der Beifahrerseite ein. Abwartend schaut er mich von der Seite an. Inzwischen hat er herausgefunden, dass er das Meiste aus mir herauskitzelt, wenn er gar nichts sagt.

Für einen Kuss lehne ich mich zu ihm, doch er kommt mir nur zögerlich entgegen. Gratuliert habe ich ihm schon heute Nacht, als er noch bei mir war.

Gabriel nimmt mein Gesicht in seine Hände und küsst mich zärtlich auf beide Mundwinkel.

„Ich weiß nicht, ob es das Richtige ist“, sage ich und lege ihm sein Geschenk vorsichtig in den Schoß.

Er lässt von mir ab, um es genauer zu betrachten.

„Ist es dir lieber, wenn ich es jetzt aufmache oder soll ich es mit rein nehmen?“

Am liebsten gar nicht. Dann muss ich mich wenigstens nicht mit gespielter Freude oder offensichtlicher Enttäuschung auseinandersetzen.

„Besser jetzt.“ Im Hinblick darauf, dass seine Familie da ist, kann ich damit besser in der Privatsphäre meines Autos umgehen.

„Okay. Aber nur wenn du mal für mich lächelst. Sonst habe ich den Eindruck, dass du mich nur unter großen Qualen beschenkst.“

Mit der Einschätzung ist er nah an der Wahrheit dran, aber er vermutet wahrscheinlich andere Gründe.

„Schon besser“, sagt er, als ich meine Mundwinkel nach oben zwinge und öffnet vorsichtig die erste Ecke vom Geschenkpapier. Offenbar erkennt er das Buch schon, nachdem er nur ein Viertel freigelegt hat.

„Das ist genial, Helena. Aber viel zu viel. Danke!“ Mit leuchtenden Augen verpasst er mir einen saftigen Kuss. „Ich habe schon oft davor gestanden und wollte es kaufen, aber der Preis hat mich immer abgeschreckt. Das hättest du echt nicht tun sollen.“

Ich bin erleichtert, dass ich seinen Geschmack getroffen habe.

„Wenn es dir gefällt, dann ist es nicht zu viel. Und jetzt muss ich mit dir reingehen, oder?“

„Du musst überhaupt nichts. Ich würde mich nur wirklich sehr freuen, wenn du den Rest meiner Familie kennenlernst.“

Gabriels Cousinen Josephine und Noelle sind nett, aber doch distanziert. Das kann ich ihnen nicht vorwerfen, da ich selbst nicht gerade die Person bin, die schnell auf Fremde zugeht. Dazu kommt noch, dass sie, und auch ihre Ehemänner, nur gebrochen Deutsch sprechen. Für mich persönlich ist das nicht weiter schlimm, denn zum ersten Mal kann ich Gabriel richtig Französisch sprechen hören. Zwar verstehe ich kein Wort, doch es weckt in mir das Verlangen, ihn auf der Stelle anzuspringen.

Die Kinder von Noelle und Josephine flitzen über den Hof, spielen in einem aufgestellten Planschbecken und haben die Zeit ihres Lebens, während ihre Eltern sie lächelnd beobachten.

Die Männer stehen vereint am Grill und Gabriels Mutter schleppt fleißig Salate nach draußen.

„Kann ich dir wirklich nicht helfen?", frage ich, obwohl sie mich vorhin schon energisch abgewimmelt hat.

„Auf keinen Fall. Gabriel verzeiht mir das nicht, wenn ich dich jetzt schon einspanne."

Ich bin ein hilfsbereiter Mensch und kenne es nicht anders, sich bei Gelegenheit immer für Hilfe anzubieten, aber Dana ist ziemlich einschüchternd, wenn sie es darauf anlegt.

Bevor ich mir verloren vorkommen kann, treten Emma und Sam mit der kleinen Mila im Schlepptau zu mir. Markus und Nadine schaffen es leider nicht, weil die Zwillinge krank sind und sie die Kinder nicht guten Gewissens einem Babysitter übergeben konnten.

„Hey Lena." Nachdem Emma alle begrüßt hat, setzt sie sich neben mich und lächelt mich an. Mila macht mit Sam noch die Runde. Sie ist ein richtiger Sonnenschein und das macht sie zu einem Blickfang. Ich bin mir sicher, dass sie auch weint, aber bisher habe ich sie nur lachen gesehen.

„Hey Emma. Ihr habt ja die Kleine mitgebracht. Hatte deine Mutter doch keine Zeit?"

„Doch, doch. Sam bringt sie gleich rüber. Sie hatte noch einen Termin, der länger gedauert hat. Aber meine erste freie Nacht seit gefühlten Jahren ist noch nicht verloren."

„So schlimm?", frage ich mit einem verständnisvollen Lächeln. Ein Leben mit Kindern kann ich kaum nachvollziehen. Ich selbst bin ein Einzelkind und auch sonst gibt es bei uns keine kleineren Kinder in der Familie.

„Es geht. Ehrlich gesagt habe ich es mir schlimmer vorgestellt, aber es schlaucht schon. Vor allem weil ich jetzt auch langsam wieder anfange, zu arbeiten. Nach einem halben Jahr Pause muss ich dringend etwas tun."

Emmas Job ist mittlerweile ein offenes Geheimnis. Nachdem sie sich jahrelang hinter dem Pseudonym Gemma Lennart versteckt hat, ist sie nun mehr an die Öffentlichkeit gegangen. Mit ihren erotischen Romanen ist sie sehr erfolgreich, doch das entsprechende Selbstbewusstsein, auch öffentlich dazu zu stehen, hat wahrscheinlich mit Sam zu tun.

„Mila ist aber auch ein Wonneproppen. Ich hab selten ein so durch und durch zufriedenes Kind gesehen."

„Oh, das ist nicht immer der Fall. Sie kann auch anders. Besonders wenn sie schlafen soll."

„Das kann ich mir vorstellen. Ist wohl bei allen Kindern so. Kann ich dir was zu trinken mitbringen?", frage ich, als ich vom Tisch aufstehe, um in Gabriels Küche Nachschub zu besorgen.

„Ein Rotwein wäre göttlich."

Ich kann es nicht vermeiden, für einen Moment zu ihrer Tochter zu sehen, was Emma auch gleich auffällt.

„Oh, keine Sorge. Ich pumpe seit Tagen Muttermilch ab, nur für diesen einen Abend. Das wird mein erster Wein seit Beginn der Schwangerschaft und vermutlich werde ich nach einem halben Glas schon betrunken sein."

Auf dem Weg in Gabriels Wohnung fängt er mich ab.

„Alles gut, *mon chouchou*?“, fragt er und schließt mich in die Arme.

„Natürlich. Ich unterhalte mich mit Emma und deine Mutter droht mir Schläge an, wenn ich ihr helfen will.“

Gabriel lacht. „So ist sie. Wenn es um ihre Küche geht, dann pfuscht ihr niemand dazwischen.“

„Deswegen wollte ich wenigstens noch ein paar Getränke aus deiner Wohnung holen. Da, wo mich keiner haut“, sage ich mit einem Schmollmund, den Gabriel mir gleich wegküsst. Er hat gar keine Berührungsängste, selbst wenn andere Leute dabei sind. Es ist schmeichelnd, aber es irritiert mich auch. Ich kenne das nicht. Der Mann, mit dem ich viele Jahre meines Lebens verbracht habe, hat mich in der Öffentlichkeit kaum berührt. Manchmal hat es sich angefühlt, als würde er mich wie eine Fremde behandeln.

13.

Sam hat Mila schon vor zwei Stunden zu ihrer Oma gebracht und Dana hat die restlichen Kinder eingesammelt und sie bei sich schlafen gelegt. Jetzt sitzen wir nur noch mit Emma, Sam und Gabriels Cousinen mit ihren Ehemännern, deren Namen ich mir nicht merken kann, um eine Feuerschale und wärmen unsere Hände. Der Hof um uns herum wird in das rote Licht der untergehenden Sonne getaucht und schafft eine besondere Atmosphäre.

Immer wieder muss Gabriel für seine Familie übersetzen, während wir uns unterhalten, doch es scheint ihnen nichts auszumachen. Josephine und Noelle sind wesentlich warmherziger, als ich sie im ersten Moment empfunden habe, auch wenn es schwierig ist, eine direkte Unterhaltung in Gang zu bringen.

„Kannst du mir zeigen, wo das Bad ist?", stupst Emma mich von der Seite an, doch Sam fährt sofort dazwischen.

„Ich mach das", sagt er und zieht sie von dem klapprigen Gartenstuhl hoch.

Gabriel nimmt meine Hand und küsst mich in die Handfläche auf die noch sichtbar geröteten Narben.

„Kann ich dir etwas holen? Noch einen Wein oder ein Glas von dem Whiskey?", fragt er nach einer Weile.

„Nein, ist schon okay. Ich gehe selbst und mache mir einen Tee, wenn das in Ordnung ist. Trotz des Feuers wird mir kalt." Außerdem möchte ich nicht mit seinen Cousinen alleine gelassen werden, denn dann ist eine peinliche Stille vorprogrammiert.

„Bist du sicher, dass ich das nicht für dich machen soll?"

„Nein, bleib du sitzen. Es ist dein Geburtstag und ich schaffe es gerade noch, den Wasserkocher zu bedienen."

„Hol dir einen Pullover von mir aus dem Schlafzimmer. Da müsste noch einer auf dem Bett liegen, den ich heute Morgen nur kurz übergezogen habe."

Bisher war ich noch nicht in diesem Raum, da ein gemeinsames Betreten seines Schlafzimmers schnell zu mehr geführt hätte. Der Raum ist simpel, ohne nennenswerte Dekoration. Doch das ist bei den tiefen Decken und freigelegten Holzbalken in allen Ecken auch gar nicht nötig. Trotzdem ist es ein warmes Zimmer. Ein großer Futon bildet das Zentrum des Raums, der ansonsten unmöbliert ist. Durch das bodentiefe Fenster kann man direkt in den Garten sehen. Eine Tür führt in einen fensterlosen, kleinen Raum, den er als Kleiderschrank nutzt.

Vorsichtig greife ich mir den Pullover vom Bett, auf dem sich *Hund* niedergelassen hat. Mit einem Maunzen steigt er widerwillig von dem Kleidungsstück.

„Ja, mein Süßer. Ich verstehe dich zu gut. Ich würde auch nichts einfach aufgeben, wenn es nach deinem Herrchen riecht."

Hinter mir erklingt ein leises, tiefes Lachen.

Gabriel.

Sofort stellt sich jedes einzelne Härchen an meinem Körper auf. Ich stehe vor seinem Bett in seinem Schlafzimmer und mein inneres Auge spielt einige Szenarien durch, die mir schon seit Wochen durch den Kopf gehen.

„Du lässt deinen Besuch alleine?", frage ich und streife mir seinen Pullover über.

„Hab ich nicht. Sie sind ins Bett gegangen."

Er kommt auf mich zu und hakt seine Zeigefinger in meine Gürtelschlaufen ein.

„Bei deiner Mutter? Warum lässt du sie nicht hier schlafen? Soviel Platz hat Dana doch sicher auch nicht."

Mit einem Ruck zieht Gabriel mich an sich.

„Weil ich heute Nacht gerne in dir sein möchte und ich nicht plane, dabei leise zu sein", sagt er ganz nah an meinen Lippen. Doch bevor ich ihn küssen kann, schiebt er mich einfach von sich und nimmt stattdessen meine Hand.

Jetzt gerade hätte ich große Lust, ihn zu treten.

„Komm mit!" Fast schon achtlos zerrt er mich hinter sich her.

„Wohin? Was ist los?", frage ich.

Mitten im Wohnzimmer bremst er abrupt, was dazu führt, dass ich hart an seinem Rücken aufschlage.

„Aua! Wo willst du hin?"

Er schüttelt den Kopf und hält den Zeigefinger an seine Lippen.

„Leise", flüstert er und macht die nächsten Schritte fast auf Zehenspitzen. Ich glaube, er hatte zu viel Whiskey.

Wie Einbrecher schleichen wir durch die Küche und bleiben schließlich vor der angelehnten Tür zu seinem Studio stehen. Gabriel schiebt mich vor sich und schlingt einen Arm um meine Schulter, bevor er meinen Blick auf den Spalt zwischen Tür und Rahmen lenkt.

Ehe ich etwas erkenne, kann ich zumindest hören, was da drin los ist.

Sam und Emma, bei denen ich mich schon gewundert hatte, was sie so lange im Badezimmer treiben, treiben es stattdessen auf dem Arbeitstisch in Gabriels Atelier.

Ich will protestieren und einen Schritt rückwärts machen, doch Gabriel hält mich in Position und legt mir eine Hand auf den Mund.

„Kein Wort, Helena. Schau nur hin", wispert er direkt in

mein Ohr.

Emma liegt auf dem Rücken, ihren Rock hat Sam hochgeschoben. Das Studio wird gerade noch von der schwachen Hofbeleuchtung erhellt und darum kann ich erkennen, dass er ihren Slip beiseite geschoben hat, um in sie einzudringen. Emma hat nur Augen für ihn, wie er immer wieder in sie stößt und dabei versucht, leise zu sein. Sie greift nach seinen Handgelenken, um ihn zu sich herunterzuziehen. Sam schlingt erst ihre Beine um seine Hüften, bevor er sich zu ihr runterbeugt, um sie zu küssen.

Auch wenn ich immer noch flüchten möchte, kann ich genauso wenig wegsehen. Gabriels warmer Atem auf meiner Wange verursacht mir eine Gänsehaut. Meine Nippel ziehen sich zusammen und ich merke, wie mein Slip feucht wird.

So eng es nur geht, drückt Gabriel mich an sich.

„Kann ich die Hand wegnehmen oder verrätst du uns dann?“, flüstert er ganz nah an meinem Ohr. Ich nicke, doch ich kann unmöglich für das garantieren, was dann aus meinem Mund kommt. Dennoch nimmt er seine Hand runter und schiebt sie stattdessen ohne jede Warnung in meine Shorts und unter meinen Slip. Sofort teilt er meine Schamlippen und fühlt, wie nass ich bin. Noch im selben Moment lässt er mich seine Erektion spüren, indem er sich an meinem Po reibt.

Wenn er weitermacht, dann komme ich auf der Stelle.

Ich kann den Blick nicht von dem Liebespaar vor uns abwenden. Gabriel ist kein schmaler und schmächtiger Mann, aber Sam ist um einiges imposanter. Das wird in diesem Moment umso deutlicher, wenn er sich über seiner zwar nicht schmalen, aber kleinen Frau abstützt. Emma hat eine sehr weibliche Figur mit Kurven an den richtigen Stellen und Sam ist davon mehr als angezogen. Das bemerkt man, wenn man sich nur wenige Minuten mit den beiden in einem Raum aufhält. Dafür müssen sie noch nicht mal Sex haben.

Nur ganz flüchtig lässt Gabriel zwei Finger um meinen Kitzler kreisen und bringt damit fast meine Knie zum Einknicken.

„Du bist vielleicht nicht besonders angetan von Pornographie, aber du kannst nicht abstreiten, dass es dich anmacht, zuzusehen."

Ich sollte etwas erwidern, aber mein ganzer Körper scheint davon ergriffen, wie verboten sich das hier anfühlt und wie erregend es gerade deswegen ist. Es ist mir unmöglich, einen klaren Gedanken zu fassen.

„Meine Geduld ist am Ende, Helena. Mit diesen kurzen Shorts, die gerade mal dein Hinterteil bedecken, reizt du mich schon den ganzen Tag. Wäre es nicht unser erstes Mal, dann würde ich sie dir jetzt runterziehen und dich auf meinen Ständer schieben."

Und ich würde ihn lassen.

Nie hat er so schamlos mit mir gesprochen, aber seine heftige Atmung und wie er sich an mir festhält, grenzt schon an Verzweiflung. Mir geht es keine Spur besser.

„Wir sollten die beiden jetzt alleine lassen."

Ich will einen klagenden Ton von mir geben, doch als hätte er es geahnt, legt er mir sofort wieder die Hand auf den Mund.

„Willst du kommen?", fragt er in einem rauen Wispern. Auf einmal ist sein heißer Mund auf meiner entblößten Schulter. Seine Zunge, seine Lippen, kleine Bisse in meinen Nacken … ich kann gleich nicht mehr aufrecht stehen …

Nur ein Nicken reicht, damit er mir mehr von seinen Fingern gibt und ich innerhalb von Sekunden in seinen Armen verkrampfe.

„Oh Gott, Helena", keucht er in mein Ohr. „Du hast keine

Ahnung, wie hart ich gerade für dich bin, aber jetzt müssen wir verschwinden, wenn wir nicht erwischt werden wollen."

14.

„Ich kann es nicht fassen, dass die zwei tatsächlich in meinem Atelier gevögelt haben."

Mit Unschuldsmiene spricht Gabriel in meine Richtung, während wir Sam und Emma hinterherwinken, die gerade vom Hof fahren.

Ich habe keine Ahnung, wie ich für den Rest des Abends die Fassung wahren konnte. Die beiden haben ihre kleine Nummer gut überspielen können, doch mir war es unmöglich, dieses erotische Bild aus meinem Kopf zu bekommen. Die Tatsache, dass ich in Gabriels Armen gekommen bin, hat es nicht besser gemacht. Ganz im Gegenteil, jetzt will ich nur noch mehr. Mehr von ihm. Mehr von uns.

„Und ich kann es nicht fassen, dass du mich genötigt hast, den Voyeur zu spielen."

„Genötigt? Dein Höschen ist doch jetzt noch feucht. Ich bin mir sicher, dass du diese Szene für einige Zeit in deinem Kopf durchspielen wirst."

Mit der flachen Hand klatscht er auf meinen Hintern und marschiert dann einfach ohne mich Richtung Haus.

„Kommst du?", fragt er über seine Schulter.

„Bin ich schon."

„Das weiß ich, Helena!"

Verwirrt bleibe ich im Wohnzimmer stehen, denn ich vernehme kein Geräusch, das auf seinen Aufenthaltsort schließen lässt, bis im Badezimmer das Wasser aufgedreht wird.

Abwartend bleibe ich stehen, um zu hören, ob er sich nur die Hände wäscht oder unter die Dusche gestiegen ist.

Da reißt er auch schon die Tür auf. „Was ist jetzt? Duschen?“

Er ist nackt.

Komplett, von oben bis unten.

Na, das ging schnell. Und sieht sehr, sehr gut aus.

„Ich ... uuhh ...“

Mein Sprachzentrum fährt scheinbar gerade herunter.

Zwar hab ich schon einiges von Gabriel gesehen, ihn in seiner ganzen Pracht anzuschauen, verschlägt mir dennoch die Sprache. Er ist perfekt. Durchtrainiert, ohne übertrieben muskulös zu sein, hat er die Figur eines Athleten. Oder eines Tänzers. Er muss doch länger und intensiver Ballett getanzt haben, als er mir eingestehen wollte.

„Du kannst mich ruhig noch eine Weile anstarren, aber dafür darfst du auch gerne näher kommen. Bevorzugt ohne Kleidung und in der Duschkabine.“

Er lässt mir gar keine andere Wahl, als ihm zu folgen, denn von ihm sehe ich nur noch die ansehnliche Hinterseite, inklusive dem beeindruckenden Raben-Tattoo, ehe er vor meinen Augen unter den dampfenden Duschstrahl steigt.

Fünf Jahre. Seit fünf Jahren hat mich kein Mann mehr berührt. Mein Körper ist mehr als bereit, das jetzt zu ändern, und meinem Verstand bleibt für den Moment gar nichts anderes übrig, als ihm zu folgen, denn er hat sich gerade zu meinem Sprachzentrum gesellt.

Auf dem Weg ins Bad ziehe ich mein T-Shirt über den Kopf und werfe es achtlos auf die Couch. Die Knöpfe meiner Shorts öffne ich ebenfalls im Gehen, um sie mir vor der beschlagenen Duschkabine zusammen mit meinem Slip abzustreifen.

Während ich mich meines BH entledige, öffnet Gabriel die Glastür und reicht mir eine Hand.

Im Bruchteil einer Sekunde bin ich in seinen Armen. Das

warme Wasser intensiviert unseren Hautkontakt um ein Vielfaches. Ich spüre nur noch ihn, als er meinen Kopf anhebt und mich mit einer Intensität küsst, die schon an Verzweiflung grenzt.

Noch bevor ich Gabriel berührt habe, war sein Schwanz schon leicht erigiert, doch jetzt wird er zwischen uns spürbar hart. Ich kann nicht widerstehen und muss ihn in die Hand nehmen.

Gabriel lässt nicht von meinen Lippen ab und keucht in meinen Mund, als ich seinen Schwanz massiere. Er streicht meine offenen Haare nach hinten und zieht uns gemeinsam unter den Wasserstrahl. Seine ohnehin schon lockigen Haare kringeln sich durch die Nässe und fallen ihm in die Stirn. Ich versuche unter dem Wasser die Augen aufzuhalten, doch irgendwann muss ich mich geschlagen geben und sie schließen, um sie nicht unnötig zu reizen.

Plötzlich lässt Gabriel von mir ab und greift nach meiner Hand.

„Stopp!", keucht er. „Sonst ist es vorbei, bevor wir überhaupt angefangen haben."

„Schade. Gerade wollte ich testen, wie du schmeckst." Der Gedanke alleine macht mir den Mund wässrig und meine Worte bringen ihn zwischen uns zum Pulsieren.

„Wenn du mir eine Viertelstunde Erholungszeit gönnst …", sagt er nach kurzer Überlegung.

„Wir haben noch die ganze Nacht, Gabriel", sage ich und gehe vor ihm auf die Knie.

„Das klingt sehr gut."

Eine Mischung aus einem Wimmern und einem Stöhnen kommt aus seinem Mund, als ich zum ersten Mal über die geschwollene Eichel lecke. Behutsam legt er seine Hände an meine Wangen, macht jedoch keinerlei Anzeichen, die Kontrolle übernehmen zu wollen.

So weit es nur geht, nehme ich ihn in den Mund und umkreise ihn mit meiner Zunge. Gabriels Hände wandern in meine Haare, während er mit verhangenem Blick auf mich herunterschaut.

„Das ist gut, Baby. Nicht aufhören."

Hatte ich auch nicht vor.

Mit einer Hand umfasse ich den Schaft und mit der anderen massiere ich vorsichtig seine Hoden, während ich ihn so tief es geht in meinem Mund gleiten lasse.

„Das wird nicht lange dauern", keucht er durch zusammengebissene Zähne und zieht sich auch schon wenige Momente später zurück.

Bevor ich protestieren kann, kommt er mit einem tiefen Stöhnen über meine Hand und meine Brüste. Immer noch zitternd hilft er mir hoch und umschlingt mich mit seinen Armen.

„Ich schwöre, normalerweise komme ich nicht so schnell. Das bist alles du, Helena."

Er küsst meine Wange, knabbert an meinem Ohrläppchen und arbeitet sich zu meinem Schlüsselbein vor.

„Ich mache doch gar nichts Besonderes", antworte ich halbherzig, was er nur mit einem abfälligen Schnauben quittiert.

„Darf ich dein Tattoo anschauen?", frage ich und versuche, mich hinter ihn zu schieben.

„Wenn es sein muss …" Er dreht sich ein Stück zu mir, damit ich besser seinen Rücken sehen kann.

Die schwarzen Schattierungen seiner Tätowierung glänzen jetzt, weil sie von Wasser benetzt sind, was den Raben schon fast plastisch erscheinen lässt. Seine leicht ausgebreiteten Flügel deuten darauf hin, dass er gerade zum Flug ansetzt.

„Erklärst du mir, was es bedeutet?“

Gabriel seufzt schwer und braucht eine ganze Weile, um mir zu antworten.

„Ich habe keine Ahnung, wie ich es dir erklären soll, ohne dass du mich anschließend als eine völlig andere Person siehst.“

„Kannst du es versuchen?“

Vorsichtig fahre ich über die Konturen der glänzenden Federn. Gabriel zittert unter meiner Berührung.

„Nicht heute Nacht. Gib mir nur die eine Nacht, danach können wir reden.“

Ich denke nicht, dass es besonders viel gibt, womit er mich schockieren kann. Schließlich habe ich schon seine Mutter kennengelernt.

„Okay.“ Ich lege meine Arme um seinen Brustkorb und küsse sein Schulterblatt. Ihn zu spüren, seine Haut an meiner, ich werde mich nie daran gewöhnen. Es ist zu viel. Zu viel Geborgenheit, zu viel Erregung, zu viel von allem. Dennoch bin ich kaum in der Lage, darauf zu verzichten. Ich habe nicht damit gerechnet, dass mir das noch mal passiert. Nein, das stimmt so nicht. Denn was ich schon jetzt für Gabriel empfinde, habe ich bisher noch nie gespürt.

„Kann ich dich jetzt mit in mein Bett nehmen? Sex unter der Dusche wird wirklich überbewertet und meine 15 Minuten sind offensichtlich um“, sagt er und legt eine Hand auf seinen harten Ständer.

„Hast du Kondome da?“ Darüber habe ich mir bis vor ein paar Sekunden noch keine Gedanken gemacht. Auch eine Sache, die ich seit Jahren nicht benötigt habe.

„Natürlich, Helena.“

15.

Nur unter größter Anstrengung kann ich die aufsteigende Panik unterdrücken. Ich bin alles andere als eine unschuldige Jungfrau, aber dennoch macht mir die Bedeutung dieser Nacht Angst. Man kann noch so sehr von unverbindlichem Sex ohne Gefühle reden, doch ich denke, der existiert wirklich nur für sehr abgebrühte Menschen. Sex schafft unweigerlich eine Bindung zwischen zwei Menschen, selbst wenn man noch lange nicht von Liebe spricht.

In diesem Fall wird es die bisher zarte Bindung zwischen uns mit ziemlicher Sicherheit enorm festigen. Ich bin dafür nicht bereit und trotzdem kann ich nichts tun, um mich dem zu erwehren. Gabriel ist einfach da, trotz meiner Verschlossenheit, trotz meiner Stille und trotz meiner manchmal unterkühlten Art. Was in den Jahren davor ausgezeichnet funktioniert hat, um mich vor Beziehungen jeder Art abzuschotten, beeindruckt ihn überhaupt nicht. Er geht darüber hinweg, als wäre ich der Sonnenschein in Person.

„Möchtest du etwas trinken, ein Glas Wein vielleicht?", fragt er, während er mich, in seinem Bademantel eingewickelt, ins Schlafzimmer schiebt.

Was für eine überflüssige Frage. Ich will nur ihn. Als könnte ich mich jetzt dafür interessieren.

„Nein, danke." Ich nehme seine Hand und verschränke unsere Finger miteinander. Diese kleinen Gesten sind für andere Paare selbstverständlich, doch ich habe sie nie kennengelernt. Mit Gabriel ist es zwanglos und das Bedürfnis, uns zu berühren, ist von beiden Seiten gleich stark ausgeprägt. Mit Sebastian war es verkrampft und ich hatte immer das Gefühl, mich für seine anschließenden Nacken- und Schulterverspannungen entschuldigen zu müssen, wenn er mal aus „freien“ Stücken meine Hand gehalten hat.

Es ist nicht fair, dass er jetzt in meinem Kopf ist, wenn ich ihn doch sonst erfolgreich verdränge.

Gabriel drückt mich aufs Bett und schiebt sich gleich über mich. Das ist gut, unter ihm kann ich alle anderen Gedanken ausblenden.

„Ich will dich“, raunt er in mein Ohr und beißt sanft in meinen Hals. „Ich will dich schmecken!“ Mit einer Hand öffnet er den Gürteln des Bademantels und entblößt mich seinen hungrigen Blicken. Er umschließt meine Brüste mit seinen warmen Händen und streichelt mit den Daumen über die Nippel. Verzweifelt winde ich mich unter ihm. Auch wenn ich vor wenigen Stunden schon gekommen bin, ist es zu wenig. Ich brauche mehr. Ich brauche Gabriel. An mir. In mir. Über mir.

Er leckt und saugt ausgiebig an meinen Brustwarzen, allerdings hätte ich seinen Mund lieber tiefer.

Ich mag es, dass er mich nicht wie ein zerbrechliches Püppchen anfasst. Natürlich ist er keinesfalls grob und tut mir auch nicht weh, aber ich spüre, wo seine Hände sind und muss es nicht vermuten. Männer, die glauben, federleichte Berührungen und Küsse sind es, was Frauen heiß macht, liegen so was von daneben. In Abwechslung mit festeren Liebkosungen mag es ja okay sein, aber grundsätzlich kitzelt und nervt es nur.

Jetzt ist er auf dem Weg zu meinem Bauchnabel. Ich spüre seine kurzen Bartstoppeln, die gerade lang genug sind, um nicht zu kratzen. Es ist ein fremdes Gefühl, aber ich mag es.

Seine harte Länge ruht auf meinem Oberschenkel und die feuchte Spitze hinterlässt einen kleinen Fleck auf meiner Haut. Ich will ihn in mir spüren, doch Gabriel hat etwas gegen meine Ungeduld.

„Bleib still." Mein sich hebendes Becken drückt er wieder in die Matratze und rutscht dafür ein Stück tiefer an mir herunter.

Überraschend schnell ist sein Mund an meiner empfindlichsten Stelle. Mit den Fingern teilt er meine Schamlippen und leckt, ohne zu zögern, über meine geschwollene Klitoris.

Ich hebe den Kopf, um ihn besser sehen zu können. Seine Locken kitzeln an den Innenseiten meiner Oberschenkel, als er mich immer fordernder leckt. Es wird nicht allzu lange dauern, bis ich schon wieder komme, wenn er so weitermacht.

„Kannst du mal hinter dich greifen, vor der Matratze. Da liegen die Gummis."

Ich tue wir mir befohlen, doch das hält Gabriel nicht davon ab, mich weiter zu lecken, was meine Koordination wesentlich einschränkt.

„Gabriel ... ich ... Oh Gott ..."

Abrupt lässt er von mir ab und schiebt sich wieder über mich. Sein harter Schwanz liegt jetzt genau auf meiner Spalte und wird dort von meiner Nässe benetzt. Es wäre einfach, die Schenkel nur ein Stück weiter zu spreizen und ihn in mich zu schieben, allerdings auch verdammt unvernünftig.

Mein Vorleben mag langweilig gewesen sein, doch bei Gabriel vermute ich da etwas anderes.

Meine Hände fahren über seine definierte Rückseite, während er nach der Kondompackung angelt. Ich kann nicht anders, als ein wenig meine Hüften hin- und herzubewegen, was dazu führt, dass er mit der Spitze in mich gleitet.

„Oh!"

„Oh, oh." So gut es sich auch anfühlt, das war wirklich nicht meine Absicht.

„Keine gute Idee“, bringt Gabriel gequält hervor und zieht sofort die Hüften wieder zurück. Mit der Kondompackung in der Hand kniet er sich zwischen meine Beine und zieht einen ganzen Streifen aus dem kleinen Karton.

„Eins reicht fürs Erste“, sage ich grinsend.

„Sehr witzig, *Madame*.“ Er kneift mir in den Oberschenkel und macht sich dann daran, einen Gummi auszupacken und ihn sich überzustreifen. Ich hasse diese Dinger, es fühlt sich wirklich viel besser ohne an.

Schließlich legt er sich wieder auf mich, aber nur um uns gemeinsam zu drehen, bis ich auf ihm bin.

„Du bist wunderschön, Helena.“ Er setzt sich gemeinsam mit mir auf und streicht meine Haare hinters Ohr, um besser meinen Hals küssen zu können. Ich kann ihm gar nicht nah genug sein und ich will nicht länger warten.

Mit einer Hand greife ich in seine Haarpracht, um ihn an meinen Mund ziehen zu können und mit der anderen führe ich ihn an meine Spalte. Ich bin inzwischen so nass, dass er mühelos in mich rutscht. Gabriel stöhnt an meinen Lippen und zittert in meinen Armen. Er will sich wieder zurücklehnen, aber ich mag ihn lieber näher haben.

„Bleib bei mir“, flüstere ich an seinem Mund.

„Immer, wenn du mich lässt.“

Er hat keine Ahnung, was er sich da wünscht.

Glücklicherweise erwartet er keine Reaktion und hilft mir lieber, mich auf seinem Schoß zu bewegen.

„Oh, Helena“, keucht er an meinem Hals. Schon nach kurzer Zeit verliert er die Geduld. Er dreht sich mit mir um und legt meine Beine auf seiner Schulter ab. Damit rutscht er unglaublich tief in mich und lässt mich seine harte Länge spüren.

„Oh Gott ...“ Ich strecke die Arme über dem Kopf aus und suche etwas, an dem ich mich festhalten kann, doch da ist nichts als die Wand hinter mir.

Gabriel lässt meine Beine achtlos von seinen Schultern rutschen. Dafür beugt er sich über mich und hält meine Handgelenke fest. Ich bin unter ihm gefangen, während er in einem trägen Rhythmus in mich stößt, doch ich habe auch nicht das Verlangen, mich zu befreien.

Mit jeder Bewegung reibt er über meinen Kitzler und treibt mich damit auf direktem Weg zu einem alles erschütternden Höhepunkt.

„Gabriel", wimmere ich unter seinen Stößen.

„So ist es richtig. Lass dich fallen."

Immer noch hat er meine Handgelenke fest im Griff und bewegt dabei seine Hüften in einer geschickten Bewegung, dass ich keine Finger brauche, um meinen Orgasmus auszulösen.

In dem Augenblick, in dem mich die ersten süßen Krämpfe übermannen, lässt Gabriel mich los und setzt sich auf die Knie. Er packt meine Hüften und zieht mich wieder auf seinen Schwanz. Sofort erhöht er die Geschwindigkeit seiner Stöße und lässt gleichzeitig seinen Daumen um meinen Kitzler kreisen. Es fühlt sich an, als würde ich überhaupt nicht mehr aufhören, zu kommen. Welche Laute und Worte aus meinem Mund sprudeln, kann ich weder wahrnehmen noch kontrollieren.

Auch Gabriel ist nicht mehr Herr seiner Sinne und murmelt auf Französisch vor sich hin, bevor er beginnt, in mir zu pulsieren und dann keuchend über mir zusammenbricht.

Meine Oberschenkel zittern und mein Atem kommt immer noch stoßweise, aber ich muss grinsen. Das war sowas von überfällig!

„Geht es dir gut?", frage ich an Gabriels Wange und hebe vorsichtig seinen Kopf, um ihn ansehen zu können. Er trägt den gleichen Gesichtsausdruck wie ich.

„Abgesehen davon, dass ich bei dir so heftig komme, es fühlt sich an, als würde ich für ein paar Sekunden das Bewusstsein verlieren, ja. Perfekt, um genau zu sein." Er rollt sich mit mir auf die Seite, um mich nicht zu zerquetschen und nimmt meine Hände. „Bist du okay?", fragt er, bevor er meine Finger an seinen Mund hebt, um sie zu küssen.

Ich bin okay, viel zu sehr sogar. So sehr, dass mich der Gedanke schmerzt, Gabriel irgendwann mal nicht mehr zu haben. Doch das wird passieren. Es passiert immer irgendwann.

Hund rennt in den Raum und macht einen Versuch, auf Gabriels Kopf zu klettern.

„Gibt es wieder Gewitter?", frage ich.

„Gut möglich." Gabriels Bemühungen, den Kater aus seinen Haaren zu pflücken, bringen mich zum Lachen und halten die trüben Gedanken für den Moment fern.

16.

Am nächsten Morgen werde ich von Stimmengewirr aus dem Wohnzimmer geweckt. Gabriel liegt nicht mehr neben mir, dafür höre ich seine tiefe Stimme und wie er mit seiner Familie französisch spricht.

Nur wenige Sekunden später öffnet sich die Tür und er kommt mit einer dampfenden Tasse in den Raum. Sofort schließt er sie wieder hinter sich, damit niemand hereinschauen kann.

„Hey Schlafmütze", begrüßt er mich und setzt sich zu mir auf die Matratze.

„Ist der Kaffee für mich?", frage ich und greife nach der Tasse.

Gabriel küsst mich auf die nackte Schulter und gibt sie mir dann in die Hand.

„Danke", sage ich und nehme den ersten Schluck.

„Meine Mutter ist um vier Uhr in der Nacht zu einer Entbindung gerufen worden, deswegen ist der Rest der Bande jetzt zum Frühstück hier", erklärt er den Aufruhr vor der Tür.

„Das ist ein Problem", stelle ich fest.

„Warum? Ich konnte sie ja schlecht draußen stehen lassen."

„Das meinte ich damit auch nicht." Obwohl ich ihn schon lieber wieder bei mir unter der Decke hätte. „Meine Klamotten liegen noch im Wohnzimmer und Bad verstreut und ich hoffe wirklich, dass deine Nichten und Neffen meine Unterwäsche nicht gerade als Spielzeug benutzen."

Gabriel lacht und zeigt ans Fußende vom Bett, wo meine Sachen liegen.

„Entgegen der landläufigen Meinung, gibt es auch Männer, die mitdenken. Ich hab sie heute Nacht schon eingesammelt, als du leise vor dich hin geschnarcht hast."

„Ich schnarche nicht", erwidere ich trotzig.

„Stimmt. Genauso wenig schläfst du ja auch in Betten. Dennoch hat es dich letzte Nacht dahingerafft."

Natürlich ist ihm längst aufgefallen, dass ich Nächte in meinem Bett vermeide.

„Du hast mich ausgelaugt, da konnte ich nicht mehr aufstehen."

„Und wann erzählst du mir, warum du nicht in deinem Bett schläfst?"

Ich hasse es, dass er solche Dinge wie Nebensächlichkeiten raushaut.

„Weil es zu kalt ist. Das war es von Anfang an. Zu groß und zu ungemütlich."

„Das wäre es nicht, wenn du mich mitnimmst." Er lässt eine Hand unter die Bettdecke wandern und streichelt sich an meinem nackten Oberschenkel hoch.

„Mach so weiter und deine Familie hat gleich keine Lust mehr auf Frühstück. Ich glaube nicht, dass sie die Geräusche hören wollen, die du machst, wenn ich ..."

„Sprich nicht weiter!", sagt er und zieht hastig die Finger weg. „Sonst darf ich gleich mit einem Mordsständer ins Wohnzimmer marschieren."

„So schnell wird es schon nicht gehen."

„Mit dir schon, Helena." Er nimmt mir die Tasse aus der Hand und stellt sie auf dem Boden ab, bevor er sich über mir abstützt und sanft in meinen Hals beißt. Wie von selbst wandern meine Hände unter sein T-Shirt und über seinen Rücken. Ich spüre das Spiel seiner Muskeln unter meinen Fingern und die wachsende Erektion zwischen uns, sogar durch die Bettdecke.

„Ich dachte, du wolltest nicht ...", keuche ich atemlos, als er sich an meinem Dekolleté zu meinen Nippeln herunterarbeitet und sie abwechselnd zwischen seine vollen Lippen saugt.

„Von ‚nicht wollen' kann nicht die Rede sein. Du glaubst gar nicht, wie sehr es mich nervt, dass sie jetzt hier sind. Ich wollte alleine mit dir frühstücken und dich dann noch mal mit ins Bett nehmen."

Mit einem genervten Stöhnen steht er auf und fährt sich durch seine haselnussbraunen Locken.

„Es ist okay. Das ist nicht der letzte Sonntagmorgen, den wir im Bett verbringen können. Du siehst sie doch sicher nicht oft."

„Ist es das? Ich meine, nicht der letzte Sonntagmorgen? Ich hab immer noch das Gefühl, dass du mir jeden Moment wieder entgleitest."

„Gabriel", seufze ich, weil ich dazu einfach nicht mehr sagen kann. Ich mag viele Fehler haben, aber Lügen gehört in der Regel nicht dazu.

Wahrheiten verschweigen ist schließlich nicht ganz dasselbe.

„Zieh dich an und dann komm zu uns." Die Kälte in seiner Stimme versuche ich zu ignorieren, dennoch versetzt sie mir einen Stich.

Das Frühstück mit seiner Familie hat mich so angespannt, dass ich jetzt dringend die Bewegung brauche, die ich in den letzten Wochen sträflich vernachlässigt habe.

Dana ist später dazugekommen, was es nicht leichter gemacht hat. Sie hat mir mein Unwohlsein angemerkt und mich die ganze Zeit aus dem Augenwinkel beobachtet. Gabriel war völlig mit seinen Nichten und Neffen, deren Namen ich mir immer noch nicht merken kann, eingespannt. Alle wollten Tattoos, die er ihnen mit Filzstiften auf Unterarmen und Händen verpasst hat. Immer wieder hat er entschuldigend zu mir gesehen. Doch was wäre ich für ein Mensch, wenn mich das sauer machen würde?

Genervt von mir selbst werfe ich meinen Schwimmanzug und ein Badetuch in meine Sporttasche. Auf dem Weg nach draußen greife ich mir Geldbörse und Schlüssel und stapfe wütend zu meinem Auto. Ich hasse mich selbst, wenn ich so bin. Aber ich weiß nicht, wie ich dagegen ankommen soll. Ich bin kein dreizehnjähriges Mädel in ihrer Emo-Phase und sollte in der Lage sein, mich zusammenzureißen.

Der Chlorgeruch in der Schwimmhalle ist überwältigend und benebelnd, aber ich kann nur daran denken, ins Wasser zu kommen. Zum Glück ist es im Sportbereich an einem Sonntagnachmittag nicht zu voll. Trotz der obligatorischen Rentner mit ihren auf- und abtauchenden Badekappen finde ich drei freie Bahnen nebeneinander. Ich ziehe meine Schwimmbrille auf die Augen und springe ohne jede Vorbereitung oder vorheriges Abduschen ins Wasser.

Nach den ersten vier Bahnen habe ich das Gefühl, dass sich die Anspannung in meinem Brustkorb löst. Meine Muskeln brennen und ich spüre wieder die Narbe an meiner linken Hand, aber das lässt mich wenigstens aus dem Nebel der grundlosen Wut auftauchen.

Zehn weitere Bahnen und mir wird schwindelig von der Anstrengung. Zwar bin ich nie ein großer Sportler gewesen, doch die körperliche Betätigung ist das Einzige, was mich in den letzten Jahren davon abgehalten hat, vollständig durchzudrehen. Deswegen merke ich die Abstinenz der letzten Wochen deutlich. Hustend und keuchend kämpfe ich mich an den Beckenrand und ziehe mich an der Leiter hoch. Den Impuls, wie ein kleines Kind bei völliger Erschöpfung loszuschluchzen, kann ich gerade noch unterdrücken.

Jeder Nerv in meinem Körper schreit danach, weiterzumachen, aber der Schwindel in meinem Kopf hält mich davon ab, um nicht im Wasser ohnmächtig zu werden.

Ausgelaugt und müde schleppe ich mich vom Parkplatz zur Haustür, wo ich Gabriel finde.

„Was machst du denn hier?", frage ich und suche nach meinem Schlüssel.

„Keine Ahnung. Ich dachte, da wäre was zwischen uns und dann verpisst du dich heute Morgen und hast selbst für mich nicht mehr als ein kurzes Winken übrig. Seit zwei Stunden versuche ich dich anzurufen, aber du hast es noch nicht mal nötig, ans Telefon zu gehen. Helena, wenn du das hier nicht willst, dann sag es klar und deutlich und verschwende nicht unser beider Zeit."

„Ich war im Schwimmbad und hab mein Handy Zuhause vergessen. Es tut mir leid." Was soll ich sonst sagen?

„Was tut dir leid? Dass du nicht genug Mumm hast, um mich abzuwimmeln? Dass du mit mir geschlafen hast? Oder grundsätzlich, dass du mich in dein Leben gelassen hast und jetzt nicht mehr weißt, wie du mich auf höflichem Wege loswerden sollst?"

„Du verstehst das falsch. Ich will dich nicht loswerden."

„Was dann, Helena? Sag mir, was willst du?"

„Dich. Aber ich bin nicht gut in so etwas. Ich bin kein glücklicher Mensch, Gabriel. Das ist nicht mein Naturell. Du bist immer positiv und ich will dich nicht mit in mein Loch ziehen."

„Welches Loch? Was ist dir passiert? Was ist mit deinem Mann passiert, dass du niemanden an dich ranlässt?"

Er wird immer lauter und ich sehe schon, wie sich die ersten Vorhänge in den Nachbarhäusern bewegen.

„Können wir das nach drinnen verlegen oder müssen wir dieses Theaterstück für die ganze Nachbarschaft aufführen?“

Ich schließe die Haustür auf und bitte ihn mit einem Kopfnicken in die Wohnung.

„Willst du was trinken?“, frage ich, als wir die Tür hinter uns geschlossen haben.

Gabriel greift nach meinem Handgelenk und zwingt mich, stehenzubleiben.

„Ich will, dass du mir etwas sagst, Helena. Willst du das hier? Willst du mich? Wir reden hier nicht von großen Zukunftsversprechen, dafür ist es eindeutig zu früh. Nur grundsätzlich, willst du mit mir zusammen sein? Bist du bereit, dem hier eine Chance zu geben? Ich bin es, aber ich brauche wenigstens die Sicherheit, dass du nicht jeden Moment die Flucht ergreifst.“

Ohne auch nur für eine Sekunde den Blick von mir zu lösen, zieht er mich ins Wohnzimmer und auf die Couch.

„Soll das hier ein Ultimatum werden?“ Meine Wut ist noch nicht verflogen, darum ist es keine gute Idee, dieses Gespräch jetzt zu führen.

„Das hat nichts mit einem Ultimatum zu tun, das hat was mit Fairness zu tun. Die letzte Nacht mit dir, das war unglaublich. Ich dachte wirklich, jetzt wären wir uns ein Stück näher gekommen. Und nicht bloß, weil wir gevögelt haben. Aber heute Morgen bist du mir wieder komplett entglitten. So sehr ich dich mag, das ist anstrengend.“

„Das liegt daran, dass ich anstrengend bin. Ich weiß nicht, wie es anders geht. Bisher hab ich keine Beziehung halten können. Irgendwann kam immer der Punkt, an dem ich einfach nicht mehr wollte.“

„Und deswegen schiebst du jetzt jeden weg, der dir zu nahe kommt? Außerdem dachte ich, dein Mann sei gestorben.“

„Das ist er, ja. Aber das heißt nicht, dass wir eine gute Ehe geführt haben, bevor er ins Gras gebissen hat."

Zum ersten Mal spreche ich es laut aus, was ich bisher noch nie jemandem erzählt habe. Gabriel scheint unbeeindruckt, trotz meiner harten Formulierung.

„Und? Dann war er halt nicht der Richtige, Helena. Das kommt vor, auch wenn die Begleitumstände sehr unglücklich waren."

„Oh ja, das waren sie", sage ich mit einem höhnischen Lachen.

„Was soll das wieder heißen? Kannst du mal in ganzen Sätzen sprechen und mir erklären, was passiert ist?"

Jetzt ist er richtig genervt und setzt sich sogar ein Stück von mir weg, um Abstand zu schaffen. Ich will keine Distanz, nicht zu ihm.

„Du hast mir gestern noch versprochen, dass du mir von deinem Tattoo erzählst und jetzt werde ich angemotzt, weil ich nicht mein gesamtes Seelenleben breittrete."

Plötzlich springt er auf und zieht mich mit hoch.

„Komm mit. Hier geht das nicht. Wir machen das jetzt ein Mal, aber dann richtig."

Meine Proteste ignorierend schiebt er mich zur Wohnungstür und nach unten auf die Straße. Zielstrebig steuert er auf den Shop zu und nimmt einen Schlüssel aus der Tasche.

„Was jetzt? Werde ich zwangstätowiert?"

Mit dem Kommentar ernte ich nur ein entnervtes Augenrollen. Er leitet mich ins Büro und holt aus der Schreibtischschublade eine Flasche Whiskey und zwei Gläser, in die er sogleich einschenkt.

„Was wird das hier, Gabriel? Ich zeig dir meins, dann zeigst du mir deins?"

„So in der Art. Trink aus!", befiehlt er und schiebt mir das

Glas rüber.

„Warum brauche ich dazu Alkohol? Und warum ausgerechnet hier im Shop?"

„Vertrau mir, den hast du gleich dringend nötig. Der Shop ist neutraler Boden. Ich werde deine Wohnung nicht mit einer Erinnerung an diese Unterhaltung vergiften. Du schläfst schon nicht in deinem Bett, also sollte wenigstens das Wohnzimmer frei von bösen Geistern bleiben."

Ich fürchte, jetzt hat er den Verstand verloren.

„Was kann so schlimm sein?"

Nur widerwillig schütte ich den Whiskey runter und schüttele mich noch in derselben Sekunde vor Ekel.

„Du zuerst, dann sag ich es dir."

Das wird wahrscheinlich unser letzter Tag, weil er dann alles weiß, aber er lässt ja nicht locker. Ich schiebe ihm mein Glas herüber, damit er mir nachschüttet. Der Zweite geht schon besser runter und brennt nicht mehr so in der Kehle.

Es hat keinen Sinn, dieses Gespräch weiter hinauszuzögern.

„Zu dem Zeitpunkt, als mein Mann mit dem Auto verunglückt ist, standen wir kurz vor der Trennung. Niemand weiß davon, weder meine Eltern noch seine Familie. Wir haben es wunderbar geschafft, die Fassade aufrecht zu erhalten, während wir hinter verschlossenen Türen kein nettes Wort füreinander übrig hatten. Versteh das nicht falsch, er war kein schlechter Mann und es gab auch keine bitterbösen Streitigkeiten. Wir haben es einfach geschafft, uns so weit voneinander zu entfernen, dass wir auf keinen gemeinsamen Nenner mehr gekommen sind. Es macht jetzt keinen Sinn, auf der Schuldfrage herumzureiten. Wir haben uns beide nicht mit Ruhm bekleckert. Ich kann da mit niemandem drüber reden, denn es würde unsere Familien verletzen, wenn ich sage, dass mir sein Tod nicht so viel ausmacht, wie es bei einer trauernden Witwe eigentlich sein sollte."

Auch den dritten Whiskey schütte ich in einem Zug runter, was Gabriel mit einem zufriedenen Nicken zur Kenntnis nimmt.

„Ich habe ihn schließlich nur noch gehasst und auf eine kurze und schmerzlose Trennung gehofft. Wie auch immer die aussehen sollte", fahre ich fort. „Meinen Willen habe ich dann bekommen."

Man könnte auch sagen, ich habe ihn in den Tod geschickt. Objektiv betrachtet ist das natürlich Schwachsinn.

„War es das?", fragt er schließlich mit einer gewissen Kälte in der Stimme.

„Nicht ganz. Ich hab das noch nie ausgesprochen, Gabriel."

„Sag es einfach. Nichts kann so schlimm sein, wie das, was ich dir gleich zu sagen habe."

Das bezweifle ich.

„Ich wollte nicht die Schuldige sein und eigentlich hat mich der Gedanke an eine Scheidung gegraut. Bis ich schließlich an einem Punkt war, an dem ich mir heimlich seinen Tod gewünscht habe. Nicht weil er etwas Schlimmes getan hat, sondern lediglich um es mir leicht zu machen. Welcher Mensch denkt so etwas? Ich bin eine fürchterliche Person und ich weiß nicht, wie ich je wieder Glück verdienen kann."

Seine geringe Anteilnahme bestätigt, dass ich mir das alles selbst eingebrockt habe und es eigentlich gar keinen Grund zum Jammern gibt.

Auch Gabriel trinkt jetzt sein drittes Glas leer. Oder ist es schon das Vierte?

„Schau mich an, Helena." Seine Miene ist unbewegt wie eine Maske und in seinen sonst lebendigen Augen scheint jeder Funke erloschen zu sein.

Was jetzt kommt, darauf hätte mich nichts und niemand

vorbereiten können.

„Ich hab meinen Vater getötet.“

17.

Das ist nicht in Ordnung. Er darf mir das nicht ohne Einleitung an den Kopf knallen. Außerdem kann es nicht stimmen. Nicht Gabriel.

„Würdest du das näher ausführen? Muss ich jetzt Angst vor dir haben?“ Vor ihm kann ich keine Angst haben, auch wenn es vielleicht naiv ist. Wir wissen nicht viel voneinander.

„Oh Gott, nein. Helena. Ich bin ein Idiot.“ Er schlägt die Hände vorm Gesicht zusammen und schüttelt den Kopf.

„Es ist ... ich habe ...“, stammelt er vor sich hin. „Gerade hab ich das zum ersten Mal seit fast 20 Jahren ausgesprochen. Aber ich hab dich gewarnt, nachdem du davon weißt, wirst du mich nicht mehr sehen wollen.“

„Was soll das werden? Willst du mich übertrumpfen?“

Wir hätten nicht trinken sollen. Dieses Gespräch gerät außer Kontrolle.

„Übertrumpfen? Glaubst du, ich bin stolz darauf? Du willst wissen, was es mit dem Raben auf sich hat? Willst du wirklich wissen, was an dem Tag passiert ist, als mein Vater auch nicht mehr davor zurückgeschreckt ist, seine hochschwangere Frau zu verprügeln und ihr das Baby aus dem Bauch zu treten? Diese ganze Scheiße willst du wirklich wissen, inklusive allem, wozu ich fähig bin?“

„Du bist kein Mörder, Gabriel“, flüstere ich. In seinen Augen sehe ich, dass er davon kaum zu überzeugen ist.

„Er hat das gemacht, seit ich denken kann und meine Mutter hat immer nur eingesteckt. Nie hat er mich angefasst, abgesehen von den Tagen, an denen er mich achtlos in eine Ecke geschleudert hat, wenn ich meiner Mama helfen wollte.“

Verloren wie ein kleiner Junge sinkt er in sich zusammen

und scheint völlig in der Vergangenheit gefangen.

„Mit 16 war ich schließlich größer als er und ab dem Zeitpunkt hat er es nicht mehr gewagt, in meiner Anwesenheit Mama anzugehen. Ich war fassungslos, als sie wieder von ihm schwanger war, weil das für mich hieß, dass wir nie aus dieser Situation rauskommen würden. Als ich eines Tages von der Schule nach Hause kam, stand meine Mutter im ersten Stock unseres Hauses, mit zugeschwollenem Gesicht und das Blut lief ihr durch die Hose an den Beinen herunter. Sie hat gehustet und konnte kaum sprechen, was durch die Würgemale an ihrem Hals zu erklären war. In der Sekunde ist etwas bei mir ausgeklinkt. Ich bin die Treppe raufgerannt und habe ihn im Schlafzimmer gefunden, wo er es sich vor dem Fernseher bequem gemacht hat. Ich habe ihn vom Bett hochgezogen und in den Flur geschubst. Er war überrascht von meiner Reaktion und fing dennoch an, mich zu provozieren, was ich doch für ein Muttersöhnchen sei."

Gabriel verschluckt sich an einem Schluchzer. Dieser äußerlich harte Kerl sieht aus wie ein geschlagener Hund, und der Anblick bricht mir das Herz. Trotzig wischt er sich die Tränen aus dem Gesicht, sieht jedoch stur an mir vorbei.

„Ohne einen Gedanken an die Konsequenzen zu verschwenden, habe ich auf ihn eingeprügelt, was er natürlich nicht auf sich hat sitzen lassen. In dem Gerangel sind wir zusammen die Treppe heruntergestürzt. Bei dem Aufprall hat er sich das Genick gebrochen und war sofort tot, aber ich konnte nicht aufhören, auf ihn einzuschlagen. Die Schreie meiner Mutter ... Oh Gott", keucht er und fängt an zu würgen. In letzter Sekunde schafft er den Sprint zur Toilette, die glücklicherweise gleich ans Büro grenzt. Ich kann sein gequältes Stöhnen hören, aber ich bin nicht in der Lage, mich zu rühren. Wie kann jemand so etwas über Jahre mit sich rumschleppen, ohne daran zu zerbrechen? Ich habe viele Fragen, doch ich brauche erst mal eine gewisse Zeit, um das zu verarbeiten. Das ist verdammt heftig und lässt die Beziehung zu seiner Mutter in einem ganz anderen Licht erscheinen. Überlebende haben eine besondere Bindung, unabhängig davon, wie eng das Band zu Beginn schon war.

„Kannst du mich nach Hause bringen?“, höre ich seine kratzige Stimme hinter mir. Erschrocken drehe ich mich um. Er sieht aus wie der Tod und zittert am ganzen Körper.

„Nein, vergiss es. Ich ruf jemanden an“, krächzt er mir entgegen. „Du willst jetzt sicher alleine sein.“

„Das kommt gar nicht in Frage. Ich bin viel zu betrunken, um Auto zu fahren. Du kommst mit zu mir. Außerdem, wieso sollte ich jetzt alleine sein wollen? Willst du es?“

„Nein, auf keinen Fall. Aber ich würde es verstehen, wenn …“

„Unsinn. Mit dieser Geschichte vertreibst du mich nicht. Ganz im Gegenteil. Du hast deine Mutter geschützt und nichts falsch gemacht. Er hat euch jahrelang terrorisiert, natürlich reagiert man da nicht mehr rational, wenn es zum Äußersten kommt.“

In seinem Blick liegen dennoch die ganzen Schuldgefühle, die sich über die Jahre angestaut haben und nichts was ich sage, kann ihm das nehmen.

Irgendwie schaffe ich es, Gabriel in meine Wohnung zu bringen, obwohl er kaum auf den eigenen Beinen stehen kann. Ich schiebe ihn ins Schlafzimmer, wo er sich gleich aufs Bett fallen lässt. Ich ziehe ihm die Schuhe aus und lege ihm meine Bettdecke und noch eine zweite Wolldecke über.

Noch nie habe ich einen Menschen so schnell abbauen sehen. „Willst du einen Tee?“, frage ich und streiche ihm die

Haare aus der verschwitzten Stirn.

„Neiiinn ... nichtss ...“ Seine Zähne schlagen aufeinander, so sehr zittert er immer noch.

„Eine Wärmflasche? Müssen wir ins Krankenhaus?“ Allmählich mache ich mir große Sorgen. Sein Nacken ist fiebrig heiß und er kann kaum noch die Augen aufhalten.

Schwach schüttelt er den Kopf und zieht sich die Decke noch weiter unters Kinn.

„Soll ich jemanden anrufen? Deine Mutter?“ Etwas Besseres fällt mir auch nicht ein.

„Gar nichts, Helena. Wenn ich gehen soll ...“

„Hör auf damit. Ich will dich nicht loswerden. Sag mir nur, was ich tun kann, damit es dir besser geht.“

„Kannst du zu mir kommen? Unter die Decke?“

Sofort streife ich mir Hose und Schuhe ab und schlüpfe zu ihm unter die Decke. Es gleicht einem Backofen hier drunter.

Gabriel zieht mich in seine Arme und verschränkt unsere Beine miteinander. Das Zittern lässt nach und er stößt einen erleichterten Seufzer aus, als er seinen Kopf an meiner Halsbeuge platziert.

„Sie hat mich geschützt“, erzählt er ohne weitere Aufforderung.

„Du musst jetzt nicht reden. Ruh dich aus, schlaf. Wir können auch an einem anderen Tag darüber sprechen.“

„Nein, jetzt. Ich will es nur einmal sagen müssen. Das ist nichts, was ich immer wieder hochholen möchte.“

„Okay.“

„Sie hat mich rausgeschickt und gesagt, ich soll mich nicht sehen lassen, bis die Polizei weg ist. Ich habe mich auf der anderen Straßenseite in einem Garagenhof versteckt. Zuerst kam der Notarzt und Rettungswagen, nur wenige Minuten später die Polizei. Meine Mutter wurde aus dem Haus gebracht und im selben Moment hat sich ein ganzer Schwarm Raben auf dem Dach meines Elternhauses niedergelassen. Es war eine Szene wie aus einem Horrorfilm. Die Kripo hat sich lange im Haus aufgehalten, noch eine ganze Weile nachdem der Leichnam meines Vaters schon abtransportiert war."

Er fängt wieder an zu zittern, doch ein Kuss auf seine Schläfe und meine streichelnde Hand auf seinem Rücken helfen.

„Die Raben saßen dort noch bis zum späten Abend. Erst als ich mich wieder rausgetraut und auf den Weg zum Krankenhaus gemacht habe, sind sie weggeflogen. Meine Mutter hat der Polizei begreiflich machen können, dass sie es war, die ihn geschlagen und die Treppe runtergestoßen hat. Man hat ihr die Notwehr abgenommen. Es war auch nicht schwer zu glauben, durch den Zustand, in dem sie sich befand und die schon vorher dokumentierten Polizeieinsätze wegen häuslicher Gewalt. Sie hat alles getan, um mir nicht die Zukunft zu verbauen. Die Polizei hat nie hinterfragt, ob ich zu dem Zeitpunkt Zuhause war. Ich hab es getan, aber sie hat es auf sich genommen."

Seine Stimme wird immer schläfriger und seine Lider werden schwer.

„Schlaf jetzt", sage ich und küsse seine Wange.

Ich will mich von ihm lösen, aber er hält mich fest. Es ist später Nachmittag und für mich noch viel zu früh zum Schlafen, doch Gabriel hat es für heute hinter sich.

„Bleib! Bitte! Nur bis ich eingeschlafen bin."

18.

Tatsächlich nicke ich in seinen Armen ein, als auch er sich endlich entspannt. Doch zwei Stunden später werde ich durch und durch verschwitzt wach, weil es einfach viel zu heiß unter der Decke ist. Im Wohnzimmer klingelt ein Telefon. Erst dachte ich, es wäre ein Traum, aber scheinbar versucht schon seit einer Weile jemand anzurufen. Es muss Gabriels Handy sein, das noch auf dem Wohnzimmertisch liegt.

Vorsichtig entferne ich mich von dem immer noch warmen Mann in meinem Bett, der jedoch völlig friedlich schläft. Er scheint nicht mehr so heiß wie vorhin, doch ich bringe es nicht über mich, seinen Schlaf zu unterbrechen.

Von ihm unbemerkt schleiche ich ins Wohnzimmer und sehe Gabriels Smartphone auf dem Tisch blinken. Die drei Buchstaben „MUM“ flackern wie eine Warnung auf dem Display auf.

Normalerweise würde ich nie an sein Handy gehen, aber ich will auch nicht, dass er geweckt wird. Und wenn Dana es schon öfter versucht hat, ist es vielleicht wichtig.

„Hallo?“, melde ich mich leise.

„Bist du das, Lena?“, höre ich Danas atemlose Stimme.

„Ja. Gabriel schläft. Ich wollte ihn nicht wecken.“

„Er hat es dir gesagt“, stellt sie fest.

Es wäre verlogen, mich jetzt dumm zu stellen, denn für sie scheint es daran keinen Zweifel zu geben.

„Hat er. Anschließend hatte er so etwas wie einen Zusammenbruch.“

„Ist er okay?“, fragt sie panisch, bevor ich diese Erklärung weiter ausführen kann.

„Ich denke schon. Er hat sich beruhigt und schläft jetzt tief.

Vorhin schien er Fieber zu haben, aber das ist jetzt auch wieder in Ordnung. Ich wusste nicht, was ich mit ihm tun sollte, also habe ich ihn einfach ins Bett gesteckt."

„Danke, Lena. Danke." Sie scheint den Tränen nahe. „Das ist das Beste. Ich kenne diese Reaktion von ihm, aber ich habe sie schon lange nicht mehr gesehen. Er hat das Thema begraben und spricht auch mit mir nicht darüber, doch ich konnte es ihm vorhin ansehen, dass er es dir sagen würde."

„Was kann ich für ihn tun, wenn er aufwacht?"

„Nur ... sei nur da. Er hat das noch keiner Frau erzählt. Versteh mich nicht falsch, ich mag dich. Aber du hast selbst genug Probleme und ich will ihn nie wieder so gebrochen sehen. Was immer es ist, es bedeutet etwas, dass er mit dir darüber spricht."

Ich bin mir nicht sicher, ob ich beleidigt sein oder mich geschmeichelt fühlen soll, dennoch verstehe ich durchaus, worauf sie hinaus will. Meine Probleme sind sicher auf einer ganz anderen Ebene als seine, trotzdem kann ich sie nicht abschalten. So sehr ich mir das auch wünschen würde.

Der Geruch von frisch gebackenem Brot scheint ihn aufzuwecken. Es geht zwar schon auf Mitternacht zu, aber ich wusste mir meine Zeit nicht anders zu vertreiben.

Verschlafen und nur in seiner Boxershorts kommt er in die Küche. Er sieht jämmerlich aus. Seine Umarmung lasse ich mir nur zu gern gefallen.

„Besser?", frage ich leise, obwohl ich weiß, dass es das nicht sein kann.

„Geht schon", antwortet er mit rauer Stimme. Zärtlich nimmt er mein Gesicht in seine Hände und küsst mich auf den Mund. Ich liebe seine behutsamen Küsse, die ich dennoch bis in die Zehenspitzen spüre.

„Wo ist deine Bettwäsche?“, fragt er schließlich.

„Warum?“

„Weil ich dein ganzes Bett vollgeschwitzt habe und es eben neu beziehen wollte. Meine Klamotten sind auch durch. Du hättest mich wecken sollen.“

Das erklärt seine spärliche Bekleidung.

„Den Schlaf hast du gebraucht. Geh duschen, ich kümmere mich darum. Wenn du mir deine Sachen gibst, dann schmeiß ich sie gleich mit in die Maschine.“

„Dann habe ich aber nichts mehr zum Anziehen, wenn ich aus der Dusche komme.“ Sein anzügliches Grinsen schafft es nicht, die Schatten unter den Augen zu überdecken.

„In meinem Schrank ist noch ein T-Shirt von dir, was du letzte Woche hier vergessen hast. Es ist schon gewaschen. Und eine frische Boxershorts habe ich auch für dich.“

„Von wem?“, fragt er. Eine steile Zornesfalte bildet sich zwischen seinen Augenbrauen, doch seine Frage bringt mich nur zum Lachen.

„Von mir, Gabriel. Manchmal finde ich die ganz bequem zum Schlafen. Da es Männerunterwäsche ist, müssten sie dir auch passen.“

„Besser ist das“, murmelt er vor sich hin, bevor er die Nase in die Luft streckt und den Geruch von frischem Weißbrot aufsaugt. Er schaut an mir vorbei in den Backofen. „Bekomme ich da was von, wenn ich fertig bin?“, fragt er.

„Es muss noch auskühlen, aber dann können wir davon essen. Ich hab Kräuterbutter gemacht. Hast du großen Hunger? Ich könnte auch noch etwas anderes machen.“

„Dafür ist es zu spät, außerdem reicht das vollkommen. Aber ein Kaffee wäre genial.“

Nach einem weiteren Kuss lässt er mich los und geht Richtung Tür, doch auf halbem Weg dreht er sich noch mal zu mir um.

„Danke!“, sagt er leise.

„Wofür?“, frage ich.

„Dass du keine Angst vor mir hast.“

Natürlich ist es schockierend, was da passiert ist, aber das macht ihn nicht zu einem kaltblütigen Mörder.

„Nie, Gabriel. Hörst du? Niemals!“

Die Dusche scheint ihm wieder Leben eingehaucht zu haben. Vielleicht liegt es aber auch daran, dass er fast ein halbes Weißbrot vertilgt hat.

„Geht's dir besser?“, frage ich.

„Wesentlich“, sagt er, obgleich sich sein Gesichtsausdruck bei der Erinnerung für einen Moment verdunkelt. „Du musst sicher ins Bett, Helena. Musst du nicht morgen zur Arbeit?“

Er greift über den Küchentisch und nimmt meine Hand. Mit dem Daumen streicht er über die rosafarbene Narbe in der Handinnenfläche.

„Leider ja. Ich bin noch gar nicht müde. Dabei muss ich in fünf Stunden schon wieder aufstehen.“ Seine unschuldige Berührung spüre ich in jeder Faser meines Körpers und sein hungriger Blick macht die Sache nicht gerade besser.

„Darf ich bleiben?“, fragt er. „Ich halt dich auch nicht wach.“

„Du musst nicht fragen, Gabriel. Natürlich darfst du bleiben. Aber du solltest vielleicht bei deiner Mutter ein Lebenszeichen hinterlassen. Sie hat auf deinem Telefon angerufen, als du geschlafen hast und war ziemlich besorgt.“

„Mach ich. Dann geh jetzt schlafen, Helena. Ich räum die Küche auf.“ Er nimmt meine Hand und legt sie auf seine Wange. Mit dem Daumen streichele ich über seinen weichen Bart, den er immer sorgfältig stutzt und pflegt.

„Kommst du später zu mir, wenn ich mich ins Bett lege? Dann kannst du jetzt noch fernsehen, wenn du magst und musst nicht leise sein."

„Nichts könnte mich davon abhalten, *mon chouchou.*"

„Verrätst du mir, was es heißt?"

Nur zögerlich rückt er damit raus.

„Meine Mutter hat mich früher immer so genannt, als wir in Frankreich gelebt haben und sie auch öfter Französisch mit mir gesprochen hat. Es ist eigentlich ganz banal. Es bedeutet „Mein Liebling"."

Banal finde ich es nicht, aber ich will auch nicht zu viel in diesen Kosenamen hineininterpretieren.

„Ich mag es." Auch wenn ich lieber bei ihm bleiben würde, erhebe ich mich vom Tisch und gehe auf ihn zu. Er bleibt sitzen und zieht mich zwischen seine Knie, um mein Shirt hochheben zu können. Ich rechne mit einem Kuss, doch stattdessen beißt er in meine Hüfte.

„Aua", quietsche ich, dabei hat es nicht sehr wehgetan.

„Soll ich doch gleich mitkommen? Dann bekommst du mehr davon."

Ich greife in seine Haare und ziehe seinen Kopf nach hinten.

„Flüsterst du mir dann schmutzige Worte auf Französisch ins Ohr?"

„Ich flüstere sie nicht nur, ich mache sie mit dir."

Grinsend ziehe ich ihn vom Stuhl hoch und hinter mir her. Ich kann ihm einfach nicht widerstehen, so sehr ich es auch sollte.

19.

Ornithologie. Was für ein trockenes Fachgebiet. Leider werde ich hier nicht schlauer. Natürlich liegt ein Teil der Bedeutung von Gabriels Raben-Tattoo auf der Hand, aufgrund der schaurigen Szene an diesem fürchterlichen Tag, doch ich habe das Gefühl, dass mehr dahintersteckt.

„Hast du mal bei der Mythologie geschaut? Wir sind in dem Bereich zwar recht mager bestückt, aber vielleicht findest du da eine Antwort."

In unserer kurzen Kaffeepause hilft Stefanie mir bei meiner Suche. Ich kann ihr nicht im Detail erklären, warum ich die Info möchte, aber sie stellt in der Regel auch keine unnötigen Fragen.

„Da war ich noch nicht. Ich schau mal nach. Geh du deinen Kaffee trinken."

„Okay. Wenn du nichts findest, können wir morgen noch mal zusammen im Verzeichnis nachschauen. Bevor ich es vergesse, kommst du Samstag mit in den Irish Pub?"

Einmal im Monat treffen sich all meine Kollegen in irgendeinem, ständig wechselnden Lokal am Alten Markt. Nicht jeder schafft es, bei allen Terminen dabei zu sein, aber alle versuchen es.

„Samstag hab ich leider keine Zeit." Ich würde mich lieber in der Altstadt bis zur Besinnungslosigkeit betrinken, statt mit der Familie meines verstorbenen Mannes seinen Tod zu „betrauern".

Raben sind extrem intelligent, treu und gelten außerdem als Todesboten. Tiefer in die Mythologie einzutauchen, würde mich vollends verwirren, denn es gibt da zahlreiche Definitionsmöglichkeiten. Doch was ich gefunden habe, macht mich traurig. Betrachtet Gabriel sich selbst als eine Art Todesbote? Das Einzige was ich in ihm sehen kann, ist sein großer Familiensinn, den man den Raben auch zuschreibt.

Er steht mit dem Rücken zum Schaufenster und sieht mich nicht, als ich nach Feierabend aus dem Auto aussteige. Das gibt mir die Möglichkeit, ihn ungestört zu beobachten. Gerade macht er mit Hilfe von Sam Fotos von einem Rückenmotiv und einem vollständig tätowierten Unterarm bei einer jungen Frau.

Mein Beobachtungsposten bleibt leider nicht lange unentdeckt. Markus sieht mich und winkt mich herüber. Bisher habe ich vermieden, Gabriel im Shop zu besuchen, denn ich finde es einfach nicht angebracht, ihn bei der Arbeit zu stören.

Ich nehme meine Tasche vom Beifahrersitz und schließe das Auto ab, bevor ich auf die andere Straßenseite gehe.

Markus hält mir die Tür auf.

„Hey, Lena. Emma ist hinten in Sams Raum und arbeitet. Sie hat schon auf dich gewartet. Irgendwas wollte sie mit dir besprechen."

„Okay." Ich schaue an ihm vorbei und sehe Emma durch die halb geöffnete Tür über ihrem Laptop sitzen. „Kann ich einfach durchgehen?" frage ich.

„Natürlich." Er will mich gerade vorbeilassen, als mich eine Hand an der Schulter packt und zurückhält.

Gabriel. Ich muss ihn nicht sehen, um zu wissen, dass er es ist.

Er dreht mich zu sich herum und schließt mich fest in seine Arme. Ehe ich ein Wort rausbringen kann, küsst er mich leidenschaftlich auf den Mund.

„Wenn du noch mal einfach an mir vorbeiläufst, dann

nehme ich das persönlich", sagt er, als er von mir ablässt.

„Sorry, ich wollte dich nicht bei der Arbeit stören", antworte ich und gönne mir einen Moment, ihn einzuatmen. Er fehlt mir, wenn wir nicht zusammen sind, aber das kann ich ihm nicht sagen.

„Du störst nie, Helena."

Sam und Markus machen Kussgeräusche im Hintergrund, aber Gabriel lässt sich davon nicht beeindrucken.

„Emma wollte irgendwas von mir, da sollte ich mal nachsehen."

„In ein paar Minuten habe ich noch einen Termin, aber danach bin ich frei für heute. Hast du Lust, noch ein wenig in den Stadtwald zu fahren? Das Wetter ist zu schön, um es nicht auszunutzen."

„Gerne. Ich sehe nur mal eben, was Emma möchte und dann spring ich Zuhause unter die Dusche, damit wir gleich loskönnen."

„Zieh dir einen Rock an", flüstert er grinsend in mein Ohr und schiebt mich anschließend zu Emma in Sams Raum.

Noch völlig erhitzt von Gabriels subtilem Versprechen bleibe ich im Türrahmen stehen, bis sie von ihrem Laptop aufsieht. Sie sitzt in einem großen Ledersessel und scheint einen Moment zu brauchen, bis sie mich richtig wahrnimmt.

„Lena", sagt sie nach ein paar Sekunden. „Genau dich wollte ich. Setz dich!" Mit dem Fuß schiebt sie mir einen Hocker entgegen, damit ich ihr gegenüber Platz nehmen kann. Suchend schaue ich mich um.

„Wo ist Mila?", frage ich, als ich keinen Kinderwagen oder andere Anzeichen für ihre Anwesenheit entdecke.

„Oma-Enkel-Krabbelgruppe. Was es heute nicht alles gibt. Aber ich beschwere mich nicht. Was ich mit dir besprechen wollte ... ihr organisiert doch in der Bücherei auch Lesungen.

Hast du da eine Adresse, an die ich mich wenden kann?“

„Willst du eine Lesung halten? Ich dachte, du machst sowas nicht?“

„Nicht mit meinen erotischen Romanen, aber ich bringe in etwa vier Wochen meinen ersten nicht-erotischen Roman raus und versuche, jetzt wenigstens lokal ein paar Sachen auf die Beine zu stellen. Dieser Roman erscheint unter meinem richtigen Namen, Emma Wagner, und wie es aussieht, werde ich es ohne Verlag auf eigene Faust anpacken.“

„Normalerweise sind wir mit den unabhängigen Autoren immer sehr zurückhaltend, was Lesungen angeht. Zum Glück kennst du da den richtigen Ansprechpartner. Ich rede noch mal mit meinem Chef, aber da das mein Bereich ist, werden wir das auf jeden Fall regeln können.“

„Das ist genial, Lena. Danke. Kannst du mir deine Telefonnummer aufschreiben, damit wir uns in den nächsten Tagen mal genauer unterhalten können?“

Sie reißt einen Zettel aus einem Notizbuch heraus und reicht ihn mir zusammen mit einem Stift.

„Welches Genre wird es denn genau?“, frage ich, während ich ihr meine Nummer und Mail-Adresse notiere.

„Es bleibt in der Liebesromanschiene, aber dieses Mal mit mehr Drama und auf jeden Fall wesentlich düsterer.“

„Ich bin gespannt. Ruf mich an, dann klären wir die Details. Aber jetzt muss ich aus diesen Schuhen raus“, sage ich und halte ihr meine Absätze entgegen.

20.

Nach einem entspannten Abend im Stadtwald haben wir uns auf dem Heimweg mit Sandwiches und zwei großen Bechern Milchshake eingedeckt. Eigentlich wollten wir uns bei Gabriel vor den Fernseher fläzen, doch der Sonnenuntergang über den Feldern auf dem Weg zu seinem Haus hat uns einen willkommenen Zwischenstopp beschert. Nachdem wir hungrig unser Essen vertilgt haben, sitzen wir nun mit unseren Shakes in der geöffneten Schiebetür seines VW-Busses und sehen dabei zu, wie sich der Himmel in einem Mix von lila bis blutrot verfärbt, während die letzten Sonnenstrahlen noch mit dem Horizont ringen.

Mit Gabriel ist es sorglos, als würde die Außenwelt einfach nicht existieren. So habe ich es mir immer vorgestellt, wie das Leben mit Anfang 20 hätte sein können.

„Ich war gerade 18 Jahre alt, als ich Sebastian kennengelernt habe."

Auch wenn ich diese Momente mit ihm nicht ruinieren sollte, fällt es mir doch leichter, zu sprechen, wenn ich mich nicht unter Druck gesetzt fühle.

Gabriel sagt nichts, aber das liegt nicht daran, dass es ihn nicht interessiert.

„Er war 15 Jahre älter als ich und noch verheiratet. Die Ehe ist nicht durch uns kaputt gegangen, das war sie vorher schon, aber offenbar brauchte er mich, um sich den Schritt leichter zu machen."

„Wann habt ihr geheiratet?"

Ich scharre mit den Fersen im Dreck des Feldwegs und sehe auf meine Fußspitzen.

„Ein Jahr später, nachdem die Scheidung vollzogen war. Es

war nichts Spektakuläres, nur die kurze Zeremonie im Standesamt. Unsere Familien haben sich erst an dem Tag kennengelernt. Heute denke ich, er war einfach nicht in der Lage, alleine zu sein. Wäre ich nicht gekommen, hätte er seine Frau nie verlassen. Es ging nicht unbedingt um mich, auch wenn er mich sicherlich auf seine Weise geliebt hat, aber die Hauptmotivation war einfach, direkt von einem gemachten Nest ins nächste zu springen."

„Du warst blutjung. Er hat dich ausgenutzt." Er sagt es, als wäre es eine nicht widerlegbare Tatsache.

„Mich nicht unbedingt, aber meine Naivität mit Sicherheit."

„Das ist ein und dieselbe Sache. Aber das bist du nicht mehr, Helena. Weder blutjung noch naiv. Was haben deine Eltern eigentlich dazu gesagt?"

„Sie waren natürlich überhaupt nicht begeistert und haben auch für kurze Zeit versucht, dagegen zu arbeiten. Aber mal ehrlich, was macht man mit einer starrköpfigen Tochter, die man nicht verlieren will? Es blieb ihnen keine andere Wahl als sich damit auseinanderzusetzen."

„Starrköpfig bist du immer noch." Er küsst meine Schulter und stiehlt sich einen Schluck von meinem Schokoshake.

„Ein wenig und ich stehe dazu, auch wenn ich heute einiges anders machen würde. Was hast du eigentlich vorher gemacht, bevor du Tätowierer geworden bist? Das ist ja selten ein Job, in den man gleich einsteigt."

Die Sonne ist inzwischen vom Horizont verschluckt worden und mit jeder Minute wird es dunkler und kälter.

„Ich bin Automechaniker und habe den Beruf sogar bis vor einem Jahr noch ausgeübt. Das Tätowieren habe ich schon ein paar Jahre nebenbei gemacht, doch den letzten Schliff habe ich erst von Sam bekommen. Er ist wirklich verflucht gut. Markus natürlich auch, aber Sam und ich sind uns im Stil ähnlicher.“

„Würdest du mich tätowieren?“

Gabriel holt tief Luft und sieht mich erschrocken von der Seite an.

„Ehrlich? Ich hätte nicht gedacht, dass du so etwas willst.“

„Warum nicht? Weil ich der biedere Bücherwurm bin?“

„Das hab ich nicht gesagt. Ich meine das nicht negativ, wenn ich sage, dass du mir nicht wie der Typ dafür herscheinst.“

Allmählich fange ich an, zu zittern. Ich ziehe die Beine an und umschlinge sie mit meinen Armen.

„Du machst das beruflich und hast gerade mal ein einziges Tattoo. Das ist auch nicht das typische Erscheinungsbild in deinem Beruf. Fragen dich die Kunden eigentlich nie danach?“

Gabriel bemerkt mein Zittern und zieht mich an sich.

„Sehr oft sogar. Aber das geht niemanden etwas an.“

„Wer hat es gestochen?“

„Sam. Wie gesagt, er ist verdammt gut. Aber jetzt fahren wir nach Hause, bevor du mir noch erfrierst.“

Er zieht die Schiebetür vom Bus zu und will aufstehen, um auf den Fahrersitz zu klettern, aber ich halte ihn an der Hand fest.

„Jetzt hab ich mir einen Rock angezogen, weiß aber immer noch nicht, wozu eigentlich.“ Mit einem unschuldigen Lächeln schaue ich ihn an und lehne mich dann auf der ausgebreiteten Decke zurück.

„Helena“, stöhnt er auf.

Grinsend spreize ich die Beine und versuche ihn mit den Füßen an mich zu drücken.

„Was ist? Sag mir nicht, du hast es noch nie im Auto gemacht.“

„Das ist nicht der Grund. Ich hab die Gummis vergessen."

Wortlos greife ich neben mich in meine Handtasche und hole eine quadratische Folienpackung hervor. Mehr Aufforderung braucht er nicht, um mich an den Fußgelenken an sich zu ziehen und sich zwischen meine Schenkel zu schieben.

Sofort presst er seinen Mund auf meinen und schiebt seine Hand unter meinen Rock und in mein Höschen, wo er zuerst nur sanft über den Venushügel streichelt.

Ich mache mich an seinem Gürtel zu schaffen und öffne seine Hose. Mit den Fingern fahre ich in seine Shorts und nehme ihn in die Hand. Er ist schon vollständig erigiert, doch ich spüre ihn pulsieren und weiter anschwellen. Gabriel küsst meinen Hals und nimmt mir damit die Möglichkeit, ihn weiter zu berühren.

In der Enge des Fahrzeugs explodiert der intensive Duft unserer Erregung und benebelt mich regelrecht. Gabriel will noch tiefer wandern und mit dem Kopf in meinem Schoß verschwinden, aber ich ziehe ihn wieder hoch.

„Ich kann nicht noch länger warten", sage ich und gebe ihm das Kondom. Er setzt sich auf die Fersen und reißt mit zittrigen Fingern die Packung auf. Ich nutze den Moment und massiere ihn wieder in meiner Faust. Gabriel hält inzwischen das ausgepackte Kondom zwischen den Fingern, doch er sieht noch ein wenig dabei zu, was ich mit ihm mache. Unruhig bewege ich meinen Po auf dem harten Boden hin und her. Nur kurz hat er mich geküsst, dennoch kann ich spüren, wie mein Slip durchnässt.

Gabriel legt seine Finger auf meine und hilft mir dabei seinen Schwanz zu streicheln, nimmt dann jedoch unsere beiden Hände weg, um sich das Kondom überzustreifen.

Immer den Blick auf mich gerichtet, schiebt er sich wieder über mich und seine Hand in mein Höschen, wo er mit zufriedenem Blick feststellt, wie nass ich schon bin.

„Das liebe ich", sagt er. „Nur der Gedanke daran, mich in dir zu haben, reicht dir aus, um feucht zu werden."

Fast schon grob schiebt er meinen Slip beiseite und seinen Ständer in mich. Überwältigt von dem Gefühl, halten wir inne und sehen uns mit einer Tiefe in die Augen, dir mir Angst macht. Für ein paar Sekunden kämpfe ich gegen den Impuls, ihn von mir zu schieben, doch als er seine Hüften bewegt und beginnt, mich in einem beständigen Rhythmus zu ficken, vergeht die aufsteigende Panik und wird von einem warmen Gefühl in meinem Unterleib überdeckt.

Er stützt sich mit den Ellbogen neben meinem Kopf ab und küsst immer wieder von meinem Mund zu meinem Hals und zurück. Schon jetzt spüre ich die ersten Anzeichen eines Höhepunkts. Auch Gabriel fühlt es, weil ich um seinen Schwanz zucke.

Immerzu stößt er fremde Worte auf Französisch aus, die mich nichts desto trotz erregen und in Kombination mit seinen geschickten Hüftbewegungen innerhalb weniger Sekunden mit Anlauf über die Klippe stürzen lassen. Nur mit ihm bin ich zum ersten Mal hemmungslos genug, mich vollkommen fallen zu lassen, auch wenn das bedeutet, dass ich ziemlich laut bin.

Unkontrolliert kralle ich mich in seinem Rücken fest und komme stöhnend und pulsierend um seine Länge, was ihn mir gleich folgen lässt. Keuchend hält er in mir inne und lässt mich spüren, wie er kommt.

„Polizei! Bitte öffnen Sie die Tür!", brüllt jemand aus dem Nichts und begleitet es mit einem energischen Klopfen an der Seitenscheibe.

„Ach du Scheiße", flüstern wir beinahe zeitgleich und lösen uns hektisch voneinander. Ich habe zum Glück nicht viel zu richten, aber Gabriel versucht panisch das Kondom von seinem noch immer harten Schwanz zu bekommen und ihn dann wieder in der Hose zu verstauen. Er schließt die Knöpfe und schiebt mit noch geöffnetem Gürtel die Schiebetür auf.

Ich drücke mich in den hinteren Teil des Fahrzeugs, aber die frische Abendluft kommt gleich mit dem achtsam-neugierigen Gesicht einer jungen Polizistin in den Innenraum.

Da ich lächle und unverletzt aussehe, zieht sie sich gleich wieder zurück.

„Wenn Sie sich am späten Abend auf diesen Feldwegen ... aufhalten ... dann sorgen Sie in Zukunft dafür, dass sie vorher das Licht der Innenbeleuchtung löschen, damit sich hier nicht zusätzlich noch eine Traube an Zuschauern ansammelt", erklärt ihr älterer Kollege schließlich, nachdem er unsere Ausweispapiere kontrolliert hat.

Wenn sich jemals in meinem Leben unter mir ein großes Loch auftun sollte, dann doch bitte jetzt.

Gabriel wird noch eine schmunzelnde, mündliche Verwarnung ausgesprochen und wir werden gebeten, doch bitte weiterzufahren. Beinahe 30 Jahre und mein erster Kontakt mit der Polizei muss natürlich in dieser Situation passieren.

Gabriel schließt die Tür und dann seinen Gürtel, bevor er mich vorsichtig mit gesenktem Blick ansieht.

Als sich unsere Blicke treffen, brechen wir zeitgleich in einen heftigen Lachanfall aus, dass ich mir irgendwann den Bauch halte vor Schmerzen und mir Tränen an den Wangen herunterlaufen.

Ich habe bestimmt seit zehn Jahren nicht mehr so heftig gelacht.

21.

Ein feiner Nieselregen umhüllt mich, als ich mit Sebastians Familie an seinem Grab stehe. Ich habe keinen Schirm dabei, aber ich nehme auch das Angebot seiner Schwester nicht an, ihren zu teilen.

Nur der Regen in meinem Gesicht lässt mich spüren, dass ich noch körperlich anwesend bin, da sich alles andere abgestumpft und taub anfühlt. Erst als er wieder da ist, wird mir bewusst, wie viel von dem Nebel Gabriel vertrieben hat, in dem ich mich lange befunden habe.

Völlig durchnässt führe ich höflichen Small Talk, an den ich mich schon Momente später nicht mehr erinnern kann. Ich zittere, obwohl der Regen warm ist und Dampf vom aufgeheizten Boden aufsteigen lässt.

All das ist falsch. Ich will hier nur weg. Niemand ahnt, dass der tatsächliche Sinn dieses Tages völlig an mir vorbeigeht. Niemand weiß, dass er überhaupt stattfindet. Meine Eltern nicht und auch Gabriel habe ich es nicht erzählt. Er glaubt, ich müsste arbeiten.

Sebastians Eltern sehen immer noch so gebrochen aus, dass ich sie kaum anschauen mag. Sie haben ihr Kind verloren und ich kann mir vage vorstellen, wie schlimm das ist, aber ich will keine Anteilnahme heucheln. Sie haben mich zwar toleriert, aber nie in der Familie akzeptiert. Ich kann mich nicht erinnern, dass Sebastians Mutter in all den Jahren auch nur ein nettes Wort an mich gerichtet hat. Deswegen verstehe ich auch ehrlich gesagt nicht, warum sie mich unbedingt hier haben wollen.

„Kommst du mit zum Essen zu uns nach Hause?“, fragt Sebastians Schwester Karina, nachdem sie ihren Blumenstrauß auf dem Grab platziert hat.

„Ich hab leider noch einen Termin.“ Die schamlose Lüge fällt mir nicht schwer, denn länger ertrage ich diese Veranstaltung nicht.

„Das ist schade. Wir sehen überhaupt nichts mehr von dir.“

Aus gutem Grund. Karina ist in Ordnung, aber die vorwurfsvollen Blicke ihrer Eltern kann ich nicht ertragen.

Nach einer knappen Verabschiedung schleppe ich mich zum Auto. Der lehmige Boden auf dem Parkplatz ist völlig aufgeweicht und dringt mir in die halboffenen Schuhe, doch auch das spüre ich kaum. Nachdem mir zweimal der Autoschüssel in den Dreck gefallen ist, finde ich endlich den Knopf für die Zentralverriegelung. Die Scheiben beschlagen augenblicklich von innen, als ich die Tür hinter mir schließe. Ich starte den Motor und lasse das Gebläse der Klimaanlage seine Arbeit tun, bevor ich mich anschnalle und die Handbremse löse. Völlig auf Autopilot fahre ich auf die Autobahn, auch wenn ich nur einen Stadtteil weiter wohne.

Das beginnende Schwindelgefühl hätte mein erster Indikator sein sollen, doch erst als ich Probleme habe, in der Spur zu bleiben, spüre ich, dass ich kaum noch atmen kann. Ich sehe nichts, weil ich vergessen habe, wie man die Scheibenwischer richtig bedient und der Regen laut auf das Autodach prasselt. Meine Mutter neigt zu Panikattacken und ich habe es immer belächelt, wenn sie von der Todesangst gesprochen hat, die sie dabei überkommt, doch genau dieses Gefühl überfällt gerade jeden Nerv in meinem Körper. Meine Füße rutschen von den Pedalen ab, weil mir immer noch das Wasser aus den Schuhen tropft.

Ich fahre vermutlich nicht schneller als 50 Stundenkilometer, denn die Autos hinter mir starten schon auf weite Entfernung ihren Überholvorgang.

Da sehe ich sie: Die Brücke, die Sebastian zum Verhängnis geworden ist. Durch den Wasserschleier auf meiner Windschutzscheibe glaube ich sogar noch, die Aufprallstelle erkennen zu können. Unwillkürlich nehme ich den Fuß vollständig vom Gas und lasse den Wagen nur noch rollen. Ein letzter Rest Verstand lässt mich den Warnblinker einschalten und auf den Standstreifen lenken.

Ich bekomme kaum den Kiefer auseinander, so verkrampft bin ich, doch irgendwie schaffe ich es, Gabriel anzurufen. Es scheint ewig zu dauern, bis er abnimmt. Wahrscheinlich waren es nur wenige Sekunden. Ein unkontrollierter Wortschwall kommt aus meinem Mund, den ich selbst nicht mehr widergeben kann, doch Gabriel versteht genug.

„Wo bist du?“, ist alles, was er fragt.

Den ersten tiefen Atemzug mache ich, als er auf der Beifahrerseite neben mir einsteigt.

Ein Blick auf mich reicht ihm, um meinen Gurt zu öffnen und mich auf seinen Schoß zu ziehen. Das Auto ist eigentlich viel zu eng dafür, doch gerade komme ich mir ziemlich klein vor.

Er fragt nichts, sondern hält mich nur in seinen Armen und streichelt mir immer wieder beruhigend über den Rücken.

„Du hättest es mir sagen sollen“, flüstert er. „Ich will dich nicht bedrängen, aber ich hätte wenigstens am Friedhof auf dich warten können, um dich nach Hause zu fahren.“

Ich will nicht weiter darauf eingehen. Für heute will ich eigentlich gar nichts mehr davon hören.

„Wie bist du hergekommen?“, frage ich.

„Markus hat mich gefahren. Er steht noch hinter uns und wartet, bis ich ihm das Okay gebe, weiterzufahren. Irgendwer muss ja dein Auto nach Hause bringen.“

„Ich kann fahren", sage ich, aber ich weiß selbst, dass das nicht stimmt.

„Den Teufel wirst du tun. Wir werden die Plätze tauschen und dann steck ich dich bei mir in die Badewanne."

„Es ist zu warm zum Baden."

Gabriel schiebt eine Hand unter mein durchnässtes Shirt und legt sie flach auf meinen eiskalten Rücken. Im Kontrast zu meiner Haut fühlt er sich schon fast heiß an.

„Noch Fragen?"

Ergeben schüttele ich den Kopf und wechsele dann mit ihm die Plätze.

Es ist erschreckend, wie schnell ich mich in seiner Gegenwart wieder beruhigt habe. Jetzt bin ich nur noch müde und möchte eigentlich lieber ein paar Stunden in seinen Armen schlafen.

Die Müdigkeit übermannt mich tatsächlich, jedoch schon in Gabriels Badewanne. Es tut gut, wieder durch und durch aufgewärmt und dabei gleichzeitig entspannt zu sein. Darum gebe ich dem Bedürfnis einfach nach und schließe meine Lider. Regenprasseln auf dem Dach und leises Klappern aus der Küche begleiten mich in einen leichten Schlaf. Immer wieder werde ich von kurzen Albträumen aufgeweckt, aber mein Körper fordert die Erholung und lässt mich nicht vollständig aufwachen.

Ich weiß nicht, wie lange ich geschlafen habe, aber als ich erwache, scheint der Regen nachgelassen zu haben. Gabriel sitzt im Kerzenschein auf dem Wannenrand und beobachtet mich mit der Kamera in der Hand. Irgendetwas zieht immer an meinen Haaren.

„Zwei Fragen! Hast du Nacktbilder von mir gemacht, und

leckt *Hund* mir gerade über den Kopf?" Meine Stimme ist überraschend rau, obwohl ich nicht geweint habe.

„Nein und Ja!" Er legt die Kamera auf den geschlossenen Toilettendeckel und pflückt den rothaarigen Kater aus meinen Haaren. „Ich habe kein Foto gemacht, was tiefer als bis zu deiner Schulter reicht. Das würde ich nie ohne deine Zustimmung machen. Aber du sahst so friedlich aus, das musste ich einfach einfangen."

Dabei hat sich mein Schlaf alles andere als friedlich angefühlt.

„Willst du denn Nacktbilder von mir machen?" Ganz eindeutig bin ich noch nicht richtig klar.

Gabriels Blick wird leicht glasig.

„Genauso sehr wie ich dich tätowieren will. Hast du eigentlich eine Ahnung wie sexy du bist?"

Das ist eine rhetorische Frage, richtig? Mir ist bewusst, dass ich nicht unattraktiv bin, aber ich bin einfach nicht eitel genug, um mich da groß drum zu scheren. Natürlich lege ich auch Wert auf ein gepflegtes Äußeres, aber ich definiere mich nicht darüber.

„Du darfst mich nackt fotografieren, solange es nicht pornografisch wird."

„Du hast meine Bilder gesehen, Helena. Das ist nicht mein Stil."

Hund springt schon wieder auf den Wannenrand, aber Gabriel schiebt ihn sanft beiseite. „Nicht jetzt, Kumpel."

„Eine Bedingung hab ich noch."

Mit einer erhobenen Augenbraue sieht er skeptisch auf mich runter.

„Die da wäre?"

„Ich hab keine Ahnung vom Fotografieren, aber wenn du mir hilfst, dann will ich Bilder von deinem Rücken machen."

Ich sehe, dass er protestieren will, doch im letzten Moment hält er sich zurück.

„Okay. Aber nicht mehr heute. Jetzt kommst du besser raus, bevor du noch Flossen entwickelst. Ich hab den Kamin angemacht und uns Suppe aufgewärmt. Nimm dir einfach meinen Bademantel und dann komm zu mir." Er zeigt auf den Haken hinter der Badezimmertür. Seufzend küsst er meinen Mundwinkel und lässt mich dann alleine.

Es sind diese kleinen Gesten, die ihn besonders machen. Gabriel trägt mir nicht mein Hinterteil nach, so einen Mann würde ich gar nicht wollen, aber er ist einfach da, wenn es mir nicht gut geht. Ich hoffe wirklich, dass ich ihn nicht gehen lassen muss.

22.

Emma ist eine der wenigen Autorinnen, die trotz des großen Erfolgs noch auf dem Boden geblieben sind. Zumindest von denen, die ich bislang treffen durfte, ist sie die Normalste. Zwar weiß sie absolut, was sie kann, hat aber kein riesengroßes, sich selbst überschätzendes Ego.

Ich muss gar nicht mehr viel tun, denn sie hat bereits die ganze Lesung sehr gut durchgeplant und vorbereitet. Jetzt muss ich nur noch die Pressemitteilung rausgeben und Plakate im Eingangsbereich aufhängen.

„Brauchst du ein Mikrofon oder bekommst du das ohne technische Hilfe hin?"

Wir sitzen bei einem Kaffee in meinem Wohnzimmer und besprechen die letzten Details. Ihre Lesung findet erst in ein paar Wochen statt, aber Emma ist scheinbar gerne langfristig organisiert.

„Ich denke, das klappt auch so. Sam nötigt mich fast jeden Abend, für ihn laut zu lesen und ich werde immer besser."

Mila liegt vor uns auf einer Decke und ist völlig fasziniert von ihrer roten Socke, die sie sich immer wieder mit größter Konzentration vom Fuß zieht.

„Wie funktioniert das eigentlich, mit dem Baby und dem Schreiben? Viele Autorinnen haben dann ja erst mal einen Einbruch in ihrem Schreibfluss und können für lange Zeit gar nicht mehr schreiben."

Emma sieht mich erstaunt an. „Wirklich? Bei mir läuft es jetzt noch besser als vorher. Ich hatte noch nie so viele Ideen und eine so große Motivation."

„Das ist es, was ich von einigen Autorinnen gehört habe, die nach den Lesungen bei uns noch einige, zugegeben sehr neugierige, Fragen beantwortet haben."

Mit einem Seufzen streift Emma Mila erneut ihre Socke über.

„Ich kann das nachvollziehen", sagt sie nach einem Moment der Überlegung. „Die ersten Tage und Wochen waren schon sehr anstrengend und richtig viel geschrieben habe ich da auch nicht. Es ist eine riesige Umstellung, auf einmal einen kleinen Menschen zu haben, der permanente Aufmerksamkeit fordert. Gerade wenn man kreativ arbeitet, saugt einem das wirklich jede Fantasie ab, weil du auf einmal auf viele Dinge gleichzeitig konzentriert bist. Aber ich bin ja nicht allein. Sam sieht seine Aufgabe nicht nur darin, mich zu entlasten, sondern übernimmt praktisch genauso viel Arbeit wie ich. Auch wenn er Vollzeit im Shop ist, sobald er Zuhause ist, fängt meine Arbeitszeit an. Mit diesem Mann habe ich einen riesigen Glückgriff gelandet, soviel kann ich dir verraten. Es ist nicht so, dass wir nicht auch aneinander geraten, aber gerade was den Alltag angeht, sind wir gut eingespielt. Ich muss ihn nicht auffordern, den Müll rauszubringen oder sich eventuell mal darum zu bemühen unser Kind zu wickeln, bevor wir Gasmasken brauchen. Was man von manchen Männern hört, ist wirklich ein Albtraum. Gerade wenn ein Kind kommt, dann schaffen sie noch ihren Job und brechen Daheim völlig in sich zusammen. Da muss wiederholt um jede Banalität gebettelt werden, bis der Herr des Hauses sich mal um deren Erledigung bemüht. Und das ist unabhängig davon, ob die Frau auch arbeitet oder mit Kind Zuhause ist. Wenn man nur als Paar zusammenlebt, dann kann man gewisse Dinge einfach ignorieren. Aber sobald Kinder da sind, will man ja auch nicht, dass sie unter dem Chaos der fehlenden männlichen Eigeninitiative leiden müssen." Emma scheint sich regelrecht in Rage geredet zu haben.

All das klingt exakt nach dem Leben, wie ich es mit Sebastian gehabt hätte, wenn wir ein Kind bekommen hätten.

„Ich sehe das auch so, nur manchmal scheint es, als befänden wir uns in einer Generation aus verzogenen und unselbstständigen Weicheiern. Sie sehen Haushalt und Kinder einfach nicht als ihre Aufgabe und wollen natürlich für jeden kleinen Beitrag einen großen Applaus."

„Du hast auch deine Erfahrungen auf dem Gebiet?", fragt sie mit einem Zwinkern.

„Oh ja, acht Jahre davon. Nie wieder einen solchen Kerl, das kann ich dir versichern."

„Und was ist mit Gabriel?"

Die Frage überrascht mich, denn ich hab Emma nicht für eine neugierige Person gehalten.

„Das weiß ich nicht. Er ist toll, doch das sind sie zu Beginn alle. Wir haben eine gute Zeit, aber ich weiß nicht, ob es von Dauer ist."

Emmas Miene verfinstert sich.

„Gabriel sieht das anders, soviel kann ich dir versichern."

Genau das habe ich befürchtet.

Ein Anruf meiner Mutter rettet mich vor einer Reaktion auf diese Aussage. Ich kann mich nicht erinnern, wann ich zum letzten Mal erleichtert war, ihren Namen auf dem Display zu lesen.

Emma hat sich vor einer halben Stunde verabschiedet und mich in der Stille meiner Wohnung zurückgelassen.

Mit jedem Tag, den ich in Gabriels Haus verbringe, werden mir meine eigenen vier Wände fremder.

Ich hatte nie besonders viel Liebe für diese Wohnung übrig, sie war eigentlich nur eine Notlösung in einer sehr unglücklichen Zeit, aber jetzt wird sie immer kälter.

Für den heutigen Tag waren wir nicht wirklich verabredet. Ich weiß, dass Gabriel Zuhause ist und ich weiß auch, dass ich keine Einladung brauche, um ihn zu sehen. Trotzdem muss ich mir erst selbst einen kleinen Schubs geben, um ihn zu überraschen.

Nur Gabriels Bus steht auf dem Hof, seine Mutter scheint unterwegs zu sein. Mein Auto stelle ich neben der Haustür ab. Beinahe hätte ich *Hund* überfahren, der völlig verwirrt von einer Ecke des Grundstücks zur anderen läuft. Sobald ich die Autotür öffne, springt er auf meinen Schoß und gibt mir noch nicht mal die Möglichkeit, die Beine aus dem Wagen zu schwingen.

„Hey Süßer. Was ist denn los? Lässt dein Herrchen dich nicht ins Haus? Hast du Hunger?“

Natürlich bekomme ich nur ein Maunzen, doch die eigentliche Antwort dröhnt durch den ganzen Hof. Ohrenbetäubend laute Musik kommt aus Gabriels Studio. *Ariel* von *Stateless* erkenne ich an nur wenigen Klängen.

Mit *Hund* auf dem Arm gehe ich zu dem großen Fenster und riskiere einen Blick hinein. Ich rechne damit, dass er in irgendeiner Weise mit seiner Fotografie beschäftigt ist. Womit ich nicht rechne, ist der Anblick, der sich mir bietet.

Gabriel tanzt. Und ich meine nicht, dass er ein wenig durch die Gegend zappelt.

Er hat den großen Tisch in die Ecke geschoben und sich vor dem Spiegel eine Tanzfläche geschaffen. Nur in einer grauen Trainingshose und schwarzen Spitzenschuhen bewegt er sich mit einer Anmut, die ich hinter seiner rauen Fassade nie vermutet hätte. Zwar hat er mir erzählt, dass er früher klassisches Ballett getanzt hat, doch konnte ich es mir nie recht ausmalen. Und schon gar nicht konnte ich mir vorstellen, dass er es heute noch macht.

Männliche Balletttänzer habe ich mir immer weibisch und asexuell ausgemalt, aber was ich vor mir sehe, passt gar nicht in dieses Schema.

Hund wehrt sich gegen meinen Griff und will erneut flüchten, also lasse ich ihn runter, ohne den Blick von Gabriel zu nehmen. Ich traue mich kaum zu zwinkern, aus Angst etwas zu verpassen.

Er ist völlig in sich gekehrt und scheint gar nichts von der Außenwelt wahrzunehmen. Eigentlich hätte er mich längst entdecken müssen.

Sein Gesichtsausdruck ist hochkonzentriert und jeder einzelne Muskel in seinem Körper ist angespannt. Die Schweißperlen rinnen ihm von der Stirn und zwischen den Schulterblättern hinab.

Nach einer letzten Drehung sinkt er einfach auf dem Boden zusammen und lässt den Kopf zwischen seinen angewinkelten Knien hängen.

Ich habe ihn noch nie so gewollt wie in diesem Moment.

23.

Für eine Weile sitzt er keuchend auf dem Boden und umschlingt seine Knie mit zitternden Armen. Mir wird mit einer überwältigenden Wucht bewusst, wie lebendig Gabriel ist, wie facettenreich. Über Wochen hatte ich die Augen verschlossen, doch jetzt sehe ich ihn völlig anders. Natürlich hat er auch diese gebrochene Seite, die ihm seine Vergangenheit verpasst hat, doch er weigert sich, davon sein Leben leiten zu lassen.

Er ist viel mehr, als ich erfassen kann.

Ich hebe die Hand, um an die Scheibe zu klopfen, doch ich schaffe es gerade mal, die Finger aufs Glas zu legen. Gabriel hebt in dem Moment den Kopf und nimmt mich aus dem Augenwinkel wahr. Sofort verwandelt sich sein Gesicht zu einer Grimasse. Er schämt sich.

Mit einem Nicken deutet er mir, dass die Haustür offen ist.

Hund steht schon bei Fuß, bevor ich überhaupt die Türklinke betätigen kann. Er fegt an mir vorbei zu seinem Napf, als ich die Tür gerade mal einen Spalt geöffnet habe.

Mit einem Handtuch um den Hals kommt Gabriel mir entgegen. Er hat inzwischen die Musik abgestellt und die Ballettschuhe abgestreift. Auf nackten Füßen kommt er auf mich zu, sieht mich dabei jedoch nicht an.

„Ich hatte keine Ahnung, dass du heute noch vorbeischaust."

„Offensichtlich. Gabriel, das war ..." setze ich an und greife nach seinen Händen.

„Peinlich, ich weiß", fährt er mir über den Mund. „Das hättest du wirklich nicht sehen sollen."

Er schaut zwischen uns auf den Boden, also lege ich den Zeigefinger unter sein Kinn, um seinen Blick zu suchen.

„Das war atemberaubend, und ich bin froh, dass ich es gesehen habe. Du hast mir zwar davon erzählt, aber ich hatte keine Ahnung, dass du immer noch tanzt."

„Ich bin nicht mehr gut, aber manchmal brauche ich das. Um mich von ihm zu distanzieren."

Er muss nicht erklären, von wem er spricht.

„Du bist nicht er. Und das war wunderschön. Ich wünschte, du würdest dich nicht dafür schämen."

Es wäre zu einfach gewesen, wenn das Thema nach seinem Geständnis nie wieder auf den Tisch gekommen wäre. Er hat nicht damit abgeschlossen und vermutlich wird er das auch nie. Wie könnte man das auch jemals hinter sich lassen? Dagegen kommen mir meine Probleme banal vor. Leider kann ich sie noch längst nicht abstellen.

Gabriel scheint nicht überzeugt von meinen Komplimenten.

„Woher kommt die schlechte Stimmung?", frage ich. „Ist etwas vorgefallen?"

„Nicht wirklich. An manchen Tagen kann ich nur mein Spiegelbild nicht ertragen."

Er schaut wieder auf den Boden, doch ich lege meine Hand auf seine Wange, damit er mich erneut ansieht. Seufzend dreht er den Kopf und schmiegt sich in meine Handfläche.

„Dein Bart ist ganz schön lang geworden", bemerke ich und streiche durch die Haare an seinem Kinn.

„Ich weiß." Müde reibt er sich die Augen. „Ich muss jetzt duschen. Da werde ich mich darum kümmern. Bleibst du?"

„Wenn ich darf."

Gabriel sieht mich mit schief gelegtem Kopf an.

„Immer, *mon chouchou.* Hast du das noch nicht verstanden?"

Das schon, aber noch ignoriere ich es geflissentlich.

„Soll ich uns etwas zu essen machen? Oder soll ich dich bei

der Dusche unterstützen?"

„Erst duschen, dann essen." Er nimmt meine Hand und will mich zum Bad ziehen, doch ich bleibe auf der Stelle stehen.

„Gabriel?", frage ich leise.

„Was ist los?" Besorgt sieht er auf mich herunter.

„Ich will dich. Jetzt!"

„Aber ich bin ganz verschwitzt, Helena. Ich muss wirklich duschen."

„Das ist mir egal", sage ich und fange an, meine Bluse aufzuknöpfen. Sofort fällt Gabriels Blick auf meinen roten Spitzen-BH.

„Wir können unter der Dusche ...", setzt er an und leckt sich über die Lippen.

„Nicht die Dusche. Du hast dich gerade schon verausgabt und ich will dich auf mir spüren, ohne eine kalte Fliesenwand im Rücken."

„Helena", raunt er heiser und streicht mit den Fingern über mein Dekolleté.

„Bitte!", flehe ich und lasse die Bluse von meinen Schultern gleiten. Durch seine dünne Trainingshose kann ich sehen, wie er hart wird.

„Und ich dachte schon fast, du würdest mich nie mehr berühren, nachdem du mich tanzen gesehen hast."

„Machst du Witze? Ich hätte dich direkt anspringen können. Das war nicht nur atemberaubend schön, sondern mindestens genauso sexy."

Ich will den obersten Hosenknopf öffnen, doch Gabriel kommt mir zuvor und zieht mich am Bund zu sich.

„Lass mich dir helfen."

Während er uns zur Couch schiebt, öffnet er meine Hose. Mit einem frechen Grinsen schubst er mich in die Couchkissen und greift nach meinen Fußgelenken, um mir die Hose von den Beinen zu ziehen.

Schließlich liege ich nur noch in meinem BH vor ihm, den Slip hat er gleich mit abgestreift. Ich spreize die Beine und zeige ihm, dass ich mich heute Morgen komplett rasiert habe. Normalerweise lasse ich wenigstens einen kleinen Streifen übrig.

Gabriel steht einfach nur über mir und betrachtet mich. Allerdings verliert er schnell die Geduld und schiebt seine Trainingshose ein Stück runter, um seinen Ständer in der Hand zu massieren.

„Das sieht heiß aus“, flüstere ich atemlos, während ich jede Regung seiner Mimik beobachte. Er ist erschöpft, das sieht man ihm an, doch hierfür bringt er noch Kraft auf. Nicht für mich, sondern weil er einfach nicht anders kann.

Mit den Zehen versuche ich, ihn an mich zu ziehen, doch er greift nur an mein Fußgelenk und hält es fest im Griff.

„Berühr dich!“ Sein fordernder Blick würde mich in die Knie zwingen, wenn ich nicht schon liegen würde.

Achtlos lässt er mein Bein fallen, damit er sich wieder seiner Massage widmen kann. Also spreize ich meine Schenkel für ihn und lasse meinen Mittel- und Zeigefinger um meinen Kitzler gleiten. Ich bin schon so nass, dass ich nicht mal ein wenig Spucke zur Hilfe nehmen muss, wie ich es sonst tue, wenn ich mich alleine verwöhne.

„Mein Ausblick ist noch wesentlich reizvoller.“

Stöhnend schließt er für wenige Sekunden die Augen, bevor er seinen Blick wieder auf mich richtet.

„Was machst du nur mit mir?“, fragt er, obwohl er die Frage mehr an sich selbst als an mich zu richten scheint.

„Nur das, was du mir aufgetragen hast.“

Ich setze meinen nackten Fuß auf seinen Oberschenkel und

streichele über meinen Bauch und meine Brüste. Meine Finger sind mir nicht genug, ich möchte Gabriel zwischen meinen Schenkel spüren. Der lässt auch von seiner Erektion ab und greift stattdessen nach meinem Fuß. Ich habe keine Chance, seinem festen Griff zu entkommen, als er mit einem Zwinkern meinen großen Zeh in den Mund nimmt. Natürlich will ich ihn abhalten und rechne auch damit, dass es kitzelt, doch stattdessen fährt mir die Liebkosung seiner Zunge direkt in die Klitoris.

„Oh Gott", keuche ich und verkrampfe die Finger im Couchkissen unter meinem Kopf.

„Soll ich aufhören?"

„Ja. Nein. Ich ..."

„Was willst du, Helena?"

„Dich. In mir. Jetzt."

Das lässt er sich nicht zweimal sagen. Mit der Hose auf den Knien legt er sich zwischen meine gespreizten Schenkel. Ich fahre durch seine Haare und ziehe ihn an meine Lippen. Sein harter Schwanz liegt direkt auf meiner Spalte und fühlt sich fiebrig heiß an. Ich kann es nicht erwarten, ihn in mir zu spüren.

Gabriel gibt einen gequälten Laut von sich, bis ich ihm meine Zunge in den Mund schiebe. Natürlich spürt er, wie nass ich bin und das nutzt er auch gleich, um sich an mir zu reiben.

„Das fühlt sich verflucht gut an", keuche ich zwischen zwei Küssen.

Von ihm kommt nur ein zustimmendes Raunen. Sein Mund wandert über meine Schläfe und mein Ohr, zu meinem Hals. Sein berauschender Duft, durch das Tanzen noch verstärkt, ist etwas, wovon ich nicht genug bekommen kann. Während er meinen Hals liebkost, küsse ich seine Schulter und verteile abwechselnd zarte Bisse auf der weichen Haut. Jeder Muskel ist noch von seinem Training aufgepumpt und angespannt. Ich lasse meine Hände über seinen Rücken wandern und spüre die feinen Konturen seines Tattoos. Gabriel genießt die Berührung und windet sich auf mir.

Es passiert in dem Bruchteil einer Sekunde und nur durch eine ungeschickte Bewegung, dass er plötzlich in mir ist. So sehr ich auch meinen Verstand einschalten sollte, es fühlt sich zu gut an, ihm uneingeschränkt nah zu sein.

Erschrocken hält er inne, wodurch ich ihn in mir pulsieren spüren kann. Mein Verstand nimmt eine Auszeit, denn ich kann nur noch daran denken, wie unglaublich er sich in mir anfühlt. Mit den Fersen schiebe ich ihn fester an mich, damit er sich endlich bewegt, und das ist auch alle Motivation, die er braucht.

„Helena“, keucht er an meiner Wange und stößt in einem trägen Rhythmus in mich.

Wimmernd kralle ich mich in seine Schulterblätter und komme ihm bei jedem Stoß entgegen. Wir sind uns so nah, wie sich zwei Menschen kommen können. Nur kurz flammt in mir der altvertraute Reflex der Abwehr auf, doch Gabriels Stöhnen an meinem Ohr und seine Hände auf meinen Brüsten bringen mich schnell wieder zu uns und diesem Moment. Ich merke, dass Gabriel nicht mehr lange durchhalten wird und auch ich bin nicht mehr weit entfernt, also schiebe ich eine Hand zwischen uns und lasse zwei Finger um meinen Kitzler kreisen.

„*Je viens …*“, stöhnt Gabriel gleich neben meinem Ohr. Was immer es heißt, es bedeutet eindeutig, dass er kommt. Und mich unweigerlich mitreißt. Ich krampfe um ihn und spüre, wie er sich in Schüben in mir ergießt.

Erst als es zu spät ist, zieht er sich immer noch zitternd,

aber sichtlich erschrocken aus mir zurück.

„Oh ... fuck ... !"

Das trifft es auf den Punkt.

Mit reumütigem Blick kniet Gabriel zwischen meinen Schenkel und sieht auf mich herab. Ihm scheint schneller klar zu sein, welchen Mist wir gerade verbrochen haben, denn mir wird erst jetzt heiß und kalt.

Wir haben miteinander geschlafen.

Ohne Kondom.

Ich verhüte nicht hormonell. Und ich bin in der Mitte meines Zyklus.

„Oh Gott. Scheiße." Hektisch setze ich mich auf und suche meine Klamotten zusammen. Gabriel zieht sich die Hose hoch und schaut mich schuldbewusst an.

„Es tut mir leid, Helena. Ich hätte nicht ...", setzt er an, während er sich wieder auf die Couch fallen lässt.

„Mist, Mist, Mist!" Verzweifelt versuche ich, meine Bluse zu schließen.

„Warum ziehst du dich jetzt panisch an?" Verwirrt beobachtet er mich.

„Weil ich ... keine Ahnung. Was machen wir jetzt, Gabriel?" Ich bin nicht in der Lage, einen klaren Gedanken zu fassen.

„Du nimmst doch die Pille?!?!"

„Nein, Gabriel. Nichts dergleichen."

„Ach du Scheiße." Jetzt hat er es erfasst. „Das müssen wir regeln, Helena. Das darf nicht passieren!" Wild gestikulierend springt er von der Couch auf und läuft vor mir auf und ab. Inzwischen bin ich wieder in meine Hose geschlüpft und habe auch meine Schuhe gefunden.

„Ich weiß, Gabriel."

„Es ist mein Ernst, Helena." Mit schmerzverzerrtem Gesicht steht er über mir. „Wir können kein Kind bekommen!"

Zwar habe ich die gleiche Idee und ich plane auch, etwas dagegen zu tun, aber ihm scheint ja der Gedanke alleine schon körperliche Schmerzen zu bereiten.

„Offenbar ist es ja ein solcher Albtraum, in irgendeiner Weise an mich gebunden zu sein. Aber es ist schon in Ordnung. Ich verstehe das. Mit mir würde ich mich auch nicht fortpflanzen wollen."

„Sei doch mal ehrlich. Sollten kaputte Persönlichkeiten wie wir wirklich Kinder bekommen?"

Ich kann nicht fassen, dass er mir das tatsächlich ins Gesicht sagt.

„Fick dich, Gabriel."

Was er danach noch sagt, nehme ich nicht mehr wahr. Nur, dass ich mit meinen Schuhen in der Hand und auf nackten Füßen zu meinem Auto stolpere. Aber da er mir nicht folgt, kann es nicht sehr wichtig gewesen sein.

24.

Länger kann ich es nicht herauszögern, ohne ein Überfallkommando meiner Eltern zu provozieren, also mache ich mich nach der Arbeit direkt auf den Weg zu ihnen. Nach dem ganzen Drama mit Gabriel bin ich hierfür überhaupt nicht in der Stimmung.

Mein Vater arbeitet im Vorgarten, als ich mein Auto in der Einfahrt hinter seinem parke.

„Hey Fremde“, begrüßt er mich und lässt die Heckenschere neben den Rosenbusch fallen. Nach einer kurzen Umarmung folgt er mir ins Haus.

„Deine Mutter hat dich schon vermisst.“

„Dein Vater war kurz davor, dich bei der Arbeit zu besuchen. Er ist schlimmer als ich.“ Meine Mutter nimmt die Hände aus dem Spülbecken und trocknet sie ab, bevor sie mich in eine Umarmung schließt.

„Hey mein Kind. Wie geht’s dir?“

So sehr ich mich auch bemühe, die Fassung zu wahren, diese eine Frage reicht, um mich zum Weinen zu bringen. Wütend wische ich mir die Tränen aus dem Augenwinkel.

„Ich bin okay“, probiere ich mich an einem halbherzigen Erklärungsversuch. Gabriels Abwesenheit fühlt sich an, als hätte jemand ein Loch in meinen Brustkorb gerissen. Normalerweise neige ich nicht zu solcher Dramatik, dennoch ändert es nichts daran, dass es sich genauso anfühlt.

„Bist du nicht. Wir schicken deinen Vater jetzt ein paar Steaks besorgen, die er uns später grillen darf, und dann erzählst du mir, was los ist.“

Das macht meine Heulattacke nur schlimmer und führt dazu, dass mein Vater rückwärts aus der Küche stolpert, erleichtert darüber, anderweitig gebraucht zu werden.

Und so erzähle ich meiner Mutter von den letzten Wochen mit Gabriel. Zum ersten Mal seit Jahren reden wir miteinander ohne diese unsichtbare Distanz, die sich im Laufe der Zeit aufgebaut hat. Auch wenn es mir nicht bewusst war, ich habe meine Mama vermisst.

Bei einer Tasse Tee spreche ich über den Mann in meinem Leben, der mich so bewegt. Erst durch meine eigenen Worte wird mir richtig bewusst, wie besonders er für mich ist. Meine Mutter hört geduldig zu und stellt nur wenige Fragen. Natürlich erzähle ich ihr nicht alles über Gabriel. Es gibt Dinge, die stehen mir einfach nicht zu, ohne sein Einverständnis weiterzugeben. Und ich weiß auch nicht, ob es jetzt noch eine Rolle spielt. Er meldet sich nicht, aber ich bin auch zu stolz, um einen Anfang zu machen.

Nachdenklich füllt meine Mutter meine Tasse nach und setzt sich mir wieder gegenüber. Mein Vater müsste inzwischen längst zurück sein. Wahrscheinlich ist er direkt durch die Garage gegangen und hat sich in den Garten verzogen.

Lange sieht sie mich an und legt dann eine Hand auf meinen Arm.

„Du magst es vielleicht nicht glauben, aber ich bin nicht bloß die überbehütende Glucke. Auch wenn ich immer meinen Mund gehalten habe, weiß ich, dass du zum Schluss einfach nur noch todunglücklich in deiner Ehe warst."

„Warum hast du nie etwas gesagt?", frage ich, als wäre es ihre Verantwortung gewesen, mich aus dieser Situation zu befreien.

„Lena, meine Lena. Du warst immer ein stures Kind, so dickköpfig. Wenn du dir etwas in den Kopf gesetzt hast, dann bringt dich auch niemand mehr davon ab. Versteh mich nicht falsch, Sebastian war kein schlechter Mann. Er war nur nicht der Richtige für dich. Am Anfang haben wir ja noch versucht, Einfluss zu nehmen, aber du hast schnell deutlich gemacht, dass wir dich komplett verlieren, wenn wir versuchen, dich von dieser Ehe abzubringen."

Das klingt nach mir. Leider.

Zerknirscht sehe ich zu ihr auf, doch sie gibt mir gar nicht erst die Chance zu einem Erklärungsversuch.

„Du warst jung, Lena. Und beeindruckt von der Reife dieses Mannes. Wir hätten nichts tun können. Letztendlich wäre Sebastian der einzige gewesen, der dem Ganzen ein Ende hätte setzen können."

„Das sehe ich heute auch. Aber damals war ich beinahe machtlos."

Es gibt nur einen Mann, der mir dieses Gefühl niemals vermittelt hat. Mit Gabriel war ich nicht machtlos. Neben ihm war ich immer respektiert und gleichberechtigt. Nie hat er auf mich herabgesehen und mich belächelt.

„Also, was ist jetzt mit diesem Gabriel?", fragt meine Mutter lächelnd. „Er scheint ein wenig wild, aber sehr interessant zu sein. Gibst du ihm eine Chance?"

Als Teenager habe ich meiner Mutter viel anvertraut. Sie war auch eine Freundin für mich, doch das hat sich durch Sebastian schlagartig geändert. Unsere Unterhaltung fühlt sich fast an wie früher.

„Es ist nicht so einfach." Wahrscheinlich will er das gar nicht mehr.

„Das ist es nie, mein Schatz. Glaubst du, bei Papa und mir ist immer alles rosig? Ich liebe deinen Vater, aber selbst nach über 30 Jahren könnte ich ihn noch manchmal an die Wand klatschen."

Das bringt mich zum Lachen, denn es entspricht überhaupt

nicht der Ausdrucksweise meiner Mutter.

„Ich weiß einfach nicht, ob ich all das noch mal durchmachen kann. Es mag ja Frauen geben, die in ihrem Leben ein paar Männer und auch Ehen verschleißen, aber für mich ist das nichts. Ich will mich nicht schon wieder für eine Beziehung verbiegen müssen, um mich irgendwann selbst nicht mehr erkennen zu können."

„Lena, das liegt nur bei dir selbst. Wenn du das Gefühl hast, dich für einen Mann verbiegen zu müssen, ist er nicht der Richtige. Gibt Gabriel dir das Gefühl?"

Nein, überhaupt nicht. Nicht mal ansatzweise. Er kommentiert sicherlich meine Eigenheiten, aber er bewertet und belächelt nicht. Meine Schlafprobleme hat er nicht hinterfragt, nur gelöst, indem er mir einen Grund gegeben hat, im Bett zu bleiben. Jetzt habe ich seit zwei Tagen mal wieder fast gar nicht geschlafen, weil er nicht neben mir liegt.

„Er ist alles, was Sebastian nicht war", bringe ich schluchzend hervor. Abgesehen davon, dass er sich wie ein Arschloch benommen hat, als ich ihn zum letzten Mal gesehen habe. Ich hasse diese Heulerei. Das bin nicht ich.

„Dann ist es vielleicht an der Zeit, Abstand von der Vergangenheit zu bekommen und dich nicht mehr darüber zu definieren."

„Ich weiß nicht, ob ich jemals Kinder möchte", bricht es aus mir heraus. Dass es zum Bruch durch ein „vergessenes" Kondom gekommen ist, habe ich meiner Mutter natürlich nicht im Detail erläutert. Darum weiß sie auch nicht, wie er reagiert hat.

„Das ist doch okay", sagt sie liebevoll und streichelt über meine Hand. „Ein paar Enkelkinder wären natürlich schön, aber wichtiger ist, dass du mit deinen Lebensentscheidungen glücklich bist. Niemand zwingt dich zu irgendetwas. Schon gar nicht ein Partner. Wenn du niemals wieder heiraten möchtest, dann ist das in Ordnung. Genauso, wenn du keine Kinder willst. Vielleicht willst du auch nie wieder mit einem Mann zusammenleben und selbst nach vielen Jahren noch deine eigene Wohnung behalten. Auch das bleibt dir überlassen. Lass dich nicht durch solche selbst auferlegten Zwänge von deinem Glück abhalten."

Es überrascht mich, sowas von meiner Mutter zu hören. Ich habe sie in ihren Ansichten doch immer als recht konservativ empfunden. Aber wahrscheinlich wird man so, wenn die eigene, noch blutjunge Tochter einen wesentlich älteren Mann heiratet.

25.

- Können wir reden? G. –

Er macht mich unglaublich wütend. Ich habe nichts falsch gemacht und trotzdem habe ich das Gefühl, mich entschuldigen zu müssen. Wenn überhaupt, dann haben wir es gemeinsam verbrochen.

- Ich kann. Du kannst mir nur sagen, wie nutzlos ich als Mutter wäre. Aber mach dir keine Sorgen, ich habe mich darum gekümmert. H. –

Die „Pille danach" hat dafür gesorgt, dass wir keine unliebsame Überraschung erleben.

- Ich bin ein Idiot, Helena. Aber das würde ich dir gerne persönlich sagen. Bist du Zuhause? –

- Wo sollte ich sonst sein? Komm einfach rüber, wenn du Feierabend hast. –

Selbstverständlich weiß ich, dass er noch im Shop ist, obwohl es schon auf Mitternacht zugeht. Er hat keinen Kunden mehr und Markus und Sam sind längst bei ihren Frauen. Natürlich habe ich ihn in den letzten Tagen beobachtet. Was soll ich auch sonst machen, wenn ich ohne ihn fast gar nicht schlafe?

Nur fünf Minuten später klingelt es schon an der Tür.

Er sieht mich nicht an und ich hasse es. Nur ein kleiner

Zwischenfall hat es geschafft, einen massiven Keil zwischen uns zu treiben.

Als wäre er noch nie hier gewesen, sitzt er angespannt auf der Couch und knibbelt an seinen Fingern.

„Helena, ich ...", setzt er an, sieht aber weiterhin nicht auf.

„Wenn du es noch nicht mal nötig hast, mich anzuschauen, dann kannst du gleich wieder gehen", fahre ich ihm über den Mund. Verkrampft sitze ich auf der Lehne, weit weg von ihm.

Schließlich sucht er meinen Blick. „Du bist richtig sauer auf mich!", stellt er fest.

„Natürlich, du Schnellmerker. Versteh mich nicht falsch, ich will auch kein Kind, zumindest jetzt noch nicht, aber du hast völlig überreagiert und mir deutlich gemacht, für wie unfähig du mich hältst. Dann meldest du dich über eine Woche nicht." Ich bin müde und eigentlich möchte ich ihn jetzt schnappen und mit in mein Bett nehmen. Ausnahmsweise nur zum Schlafen. „Was soll ich da bitteschön denken?"

„Du bist wieder rausgestürmt, Helena. Bevor ich überhaupt eine Chance hatte, meine Bemerkung zurückzunehmen und dir meine Reaktion zu erklären."

„Die schien deutlich. Mir war nicht klar, dass es etwas gab, worauf ich noch hätte warten können."

„Es gibt eine Menge, was ich dir sagen muss." Er rückt ein Stück an mich ran und will nach meinen Händen greifen, aber ich entziehe mich sofort.

„Dann lass mich zuerst ein paar Sachen klarstellen. Ich kämpfe immer noch jeden Tag darum, nicht wieder alle Leute von mir zu schieben und mich abzukapseln. Ich versuche zu glauben, dass ich nicht alles vergifte, was ich berühre. Und ich versuche wirklich, wirklich mit dir zusammen zu sein. Weil ich es will, nicht weil ich das Gefühl habe, es zu müssen. Eigentlich habe ich nicht mehr daran geglaubt, dass ich noch einmal eine Chance bekomme, mich zu ..." Den Satz kann ich einfach nicht beenden, selbst wenn ich wollte. „Aber wenn du so etwas zu mir sagst, in dieser Art und Weise, dann mache ich automatisch drei Schritte rückwärts und das kannst du mir auch nicht vorwerfen."

„Um es kurz zu machen: Ich bin in riesengroßes Arschloch. Es war ausschließlich meine eigene Panik, die zu dieser Reaktion geführt hat. Damals, als wir uns noch nicht besonders gut kannten, habe ich dich gefragt, ob du Kinder willst. Du hast die Frage nie zurückgegeben. Helena, ich mag Kinder. Meine Nichten und Neffen finden ihren Onkel Gabriel großartig, so selten sie mich sehen, und ich bin auch total verrückt nach diesen kleinen Wirbelwinden. Mila ist das niedlichste Baby, was mir je untergekommen ist. Wenn Sam sie mit in den Shop bringt, dann streckt sie sofort die Arme zu mir aus. Das Irritierende ist, dass ich mir durchaus vorstellen kann, ein eigenes Kind zu haben. Aber dann denke ich an meinen Vater und daran, wie sehr die Gene vielleicht eine Rolle spielen können. Was ist, wenn ich eines Tages die Geduld verliere und mir die Hand ausrutscht? Ich denke, es gibt einen Punkt, an dem kann man nicht mehr zurück und fühlt sich vielleicht auch irgendwann im Recht mit seinen Taten."

Ich kann nicht fassen, dass er so über sich denkt. Gabriel ist die liebevollste und entspannteste Person, die ich kenne.

„Du bist nicht dein Vater. Das traue ich dir einfach nicht zu."

„Aber ich traue mir selbst nicht. Nicht zu diesem Zeitpunkt. Du weißt, wozu ich fähig bin."

Es bricht mir das Herz, dass er so über sich denkt. Jetzt kann ich ihm doch nicht mehr fern bleiben und setze mich ganz nah neben ihn.

„Du bist dazu fähig, alles, aber auch wirklich alles zu tun, um einen von dir geliebten Menschen zu schützen. Das sehe ich in dir. Keinen prügelnden Psychopaten, der bei jedem falschen Wort gleich völlig ausklinkt. Vielleicht bist du genetisch das Kind deines Vater, aber du bist vor allem, und nicht nur genetisch, der Sohn einer wunderbaren und liebevollen Mutter."

Ich versuche seine Hand zu nehmen, aber jetzt lässt er mich nicht.

„Warum sagst du so etwas?" Mit verschwommenem Blick schaut er mich von der Seite an.

„Weil ich es meine. Weil es das ist, was ich sehe. Du. Bist. Nicht. Dein. Vater!"

„Ich sehe aus wie er. Wenn ich den Bart zu lang werden lasse, dann sind seine alten Fotos wie ein Spiegelbild."

Es ist mir egal, ob er mich wieder wegschubst, ich muss wenigstens versuchen ihn zu berühren. Behutsam lege ich eine Hand auf seine stoppelige Wange. Heute trägt er den Bart extrem kurz, als hätte er ihn vor wenigen Stunden erst gestutzt.

Gabriel schließt die Augen. Jetzt rinnen zwei dicke Tränen an seinen Wangen herab. Es macht ihn fertig, sich damit auseinanderzusetzen. Auch wenn er im Alltag besser damit umgeht als ich, zeigt es doch, dass wir beide einiges noch nicht verarbeitet haben.

„Egal was dein Spiegel dir zeigt, du bist Gabriel. Die warmherzigste und fürsorglichste Person, die ich kenne. Ich weigere mich, irgendetwas in dir zu sehen, was du nie sein wirst."

Mit einem erschöpften Seufzer nimmt er meine Worte an. Für den Moment zumindest.

26.

Wir haben unsere alte Vertrautheit noch nicht wiedergefunden, aber vielleicht ist das sogar etwas Gutes. Schließlich hat sie uns vorgegaukelt, dass alles in Ordnung ist, obwohl wir beide aus unterschiedlichsten Gründen Bindungsprobleme haben. Natürlich sehen wir uns immer noch fast jeden Tag, aber unser Umgang miteinander ist vorsichtiger geworden.

Mit *Hund* auf dem Schoß sitze ich auf einer Bank vor Gabriels Haus und warte darauf, dass er mir Kaffee bringt. Er ist ganz schön fett geworden. Der Kater, nicht Gabriel.

„Ist alles okay mit dem Dicken?“, frage ich, als Gabriel mit zwei Tassen aus dem Haus in den strahlenden Sonnenschein tritt. „Er hat ganz schön zugelegt.“

„Ist mir auch schon aufgefallen. Ich will nicht hoffen, dass er sich bei den Nachbarn zusätzlich versorgt.“

„Warst du mal mit ihm beim Tierarzt?“

Schuldbewusst sieht Gabriel zu uns runter, als er mir meinen Milchkaffee reicht.

„Ehrlich gesagt nicht. Als er sich hier eingenistet hat, da hat er einen sehr gesunden Eindruck gemacht. Ich habe ihm lediglich prophylaktisch eine Wurmkur verpasst.“

„Das solltest du besser nachholen. Ein paar Impfungen könnte er sicher auch vertragen.“

Gabriel setzt sich neben mich und drückt mir einen sanften Kuss auf die Wange. So unschuldig diese Geste auch ist, so sehr macht es mir klar, wie stark wir uns in den letzten Tagen voneinander fernhalten.

„Ich kümmere mich nächste Woche darum. Danke, dass du dich um meinen Kater sorgst. Hoffentlich weiß er das auch zu schätzen.“

Hund streckt sich auf meinen Oberschenkeln aus und bohrt dabei langsam seine Krallen durch den Stoff meiner Jeans. Er weiß lediglich meine Körperwärme zu schätzen. Typisch Kerl.

Dana fährt mit ihrem Wagen auf den Hof, winkt uns jedoch nur kurz zu, ehe sie in ihrem Teil des Hauses verschwindet.

„Magst du heute noch was unternehmen?", frage ich und setze den Kater vor meinen Füßen ab, bevor er mir noch die Beine punktiert.

„Ich werde wahrscheinlich später noch mal von meiner Mutter zu einer Entbindung gerufen. Die Eltern haben Interesse an meinen Fotos und die Frau hat seit heute Nacht Wehen. Wahrscheinlich kam meine Ma gerade von dort. Aber wenn sie noch mal nach Hause gekommen ist, dann dauert es noch ein paar Stunden." Vorsichtig schiebt er *Hund* mit dem Fuß beiseite, der gerade Anlauf auf seinen Schoß nehmen wollte.

„Okay. Dann werde ich vielleicht noch ein paar Bahnen im Schwimmbad ziehen."

„Komm doch mit."

Überrascht sehe ich ihn an, doch er scheint es ernst zu meinen.

„Ich hab da nichts zu suchen. Geh du ruhig. Ich weiß mir den Rest des Tages schon zu vertreiben."

„Kommst du anschließend wieder? Ich hab dich gerne hier."

Vor ein paar Tagen noch hätte er nicht so vorsichtig gefragt, sondern es schon fast vorausgesetzt.

„Gerne. Ich kann später für uns kochen, wenn du Lust hast."

Gabriel verzieht das Gesicht. „Du weißt, ich mag dich sehr ..."

„... aber ich kann absolut nicht kochen. Ich weiß!", seufze

ich. „Ich wollte nur etwas Nettes für dich tun."

„Dann sei einfach hier. Mehr brauche ich nicht. Ich kann uns anschließend etwas mitbringen. Außerdem gibt es noch eine andere Sache, die meinen Hunger stillen könnte."

Er zwinkert mir von der Seite zu und nimmt einen Schluck aus seiner Tasse.

Wir haben nicht miteinander geschlafen, seit dem vergessenen Kondom, und der Gedanke alleine macht mich nervös. Auch wenn ich ihn unverändert will, ich habe die Befürchtung, das wird immer über uns hängen. Vernünftig wäre, eine dauerhaftere Lösung für die Verhütung zu finden.

Das Schwimmen hat mal wieder sehr gut getan. Erst wenn ich in der Lage bin, sie rauszulassen, merke ich, unter wie viel Anspannung ich eigentlich noch stehe. Gabriel hat mir gezeigt, wo er seinen Ersatzschlüssel versteckt, doch als ich zurückkomme, ist er auch schon wieder da. Nur in der Küche brennt Licht, als ich die Haustür öffne. Ein köstlicher Geruch empfängt mich und lässt mir sofort das Wasser im Mund zusammenlaufen. Gabriel kocht. Ich liebe diesen Mann.

In seinen fliederfarbenen Clogs und nur in Jeans und T-Shirt steht er am Herd und rührt angestrengt in einer Pfanne.

Moment.

Habe ich das gerade wirklich gedacht?

Nein, ich liebe ihn nicht. Das war nur eine Floskel, weil ich solchen Hunger habe und er verflucht gut kocht.

Ich möchte mir erleichtert den nicht vorhandenen Schweiß von der Stirn wischen, so überzeugt bin ich von meiner Argumentation.

„Das riecht grandios", begrüße ich ihn und schaue über seine Schulter auf den Herd. Ich kann nicht widerstehen und drücke einen kleinen Kuss auf seine Halsbeuge. Egal ob er frisch geduscht ist oder gerade von der Arbeit kommt, er riecht immer gut. Gabriel dreht den Kopf und erwischt gerade noch meine Schläfe, weil ich nach einem Stück Zucchini greife, dass aus der Pfanne gepurzelt ist.

Spielerisch klopft er mir mit dem Pfannenwender auf meinen Handrücken, doch ich lasse nicht los und schiebe mir den noch heißen Würfel in den Mund. Seufzend kaue und schlucke ich das Gemüse herunter und muss mich zusammenreißen, nicht aus der heißen Pfanne zu stibitzen.

„Was kochst du?", frage ich und schlinge meine Arme um seinen Brustkorb.

„Zucchini-Hackfleisch-Auflauf. Ich hoffe, das ist in Ordnung für dich. Eigentlich wollte ich nicht mehr viel machen, weil es schon so spät ist, aber ich sterbe vor Hunger."

„Das ist mehr als in Ordnung. Wie war das Fotoshooting?"

Sein erschöpftes aber zufriedenes Lächeln ist Antwort genug. „Der Wahnsinn. Die Fotos sind gut geworden. Ich hab gerade schon mal kurz durchgeschaut." Er zeigt auf seinen Laptop, der hinter ihm auf dem Tisch steht. „Schau sie dir an, wenn du magst."

„Ist das auch wirklich okay?" Ich finde das grenzwertig, weil es für die Eltern ein intimer Moment ist.

„Ist es, *mon chouchou.* Es sind keine nackten Körperteile zu sehen, außer denen vom Baby."

Ich verpasse ihm einen Klaps auf den strammen Hintern, bevor ich mich an den Küchentisch setze.

Er weiß, dass er etwas kann, aber ich glaube nicht, dass ihm bewusst ist, wie talentiert er ist. Seine Mutter würde ihn auch kaum in einer solchen Situation empfehlen, wenn er es nicht wäre. Wie schon die ersten Fotos, die er mir gezeigt hat, sind diese perfekt. Jedes einzelne fängt das Gefühl des Augenblicks ein, als wäre man selbst dabei gewesen.

„Du solltest eine Ausstellung deiner Bilder machen. Das ist einfach zu gut, um es nicht zu zeigen."

„Meinst du?", fragt er schon fast teilnahmslos.

„Meine ich. Natürlich nicht diese Bilder, die sind nur für die Familien. Aber du hast doch sicher noch einiges mehr, was ich und auch sonst noch niemand gesehen hat. Was ist eigentlich mit den Bildern, die du immer wieder von mir machst? Darf ich die auch irgendwann mal sehen?"

„Irgendwann ..." Er wirft mir ein verschmitztes Lächeln über seine Schulter zu. „Aber gleich, nach dem Essen, könntest du welche von mir machen. Das wolltest du doch."

„Nur wenn du es willst."

„Sonst würde ich es nicht sagen. Ich vertraue dir, Helena."

Diesen letzten Satz benutzt er zweifellos nur äußerst selten.

27.

Während ich heute Morgen noch dachte, dass wir uns voneinander distanziert haben, hat sich das Gefühl mit einem gemeinsamen Essen und einem Gespräch über seine Bilder in Luft aufgelöst.

Er ist mir immer nah, aber nie fühle ich mich bedrängt oder eingeengt.

Nachdem wir gemeinsam die Küche aufgeräumt haben, geht er kommentarlos Richtung Wohnzimmer und streift sich auf dem Weg das Shirt ab. Seine schicken Clogs kickt er achtlos in die Ecke.

„Was machst du da?", frage ich grinsend, während ich ihm folge.

„Wonach sieht es denn aus? Du wolltest doch sicher nicht mein T-Shirt fotografieren."

So hatte ich es mir eigentlich nicht vorgestellt.

Mit geöffneter Hose und seiner Kamera in der Hand dreht er sich um und stößt ein überraschtes Stöhnen aus, als er mich nackt in der Mitte des Wohnzimmers findet. Ich wusste schon, warum ich mir nach dem Schwimmen nur ein kurzes Sommerkleid übergeworfen habe.

„Das war schnell. Ich dachte, du wolltest mich zuerst ..."

„Ich will dich immer, Gabriel. Aber ich will dich nicht fotografieren, wenn du ein Gesicht machst, als hättest du ein Wurzelbehandlung vor dir."

Langsam gehe ich auf ihn zu. Ich bin nicht verklemmt und fühle mich gut in meinem Körper, aber im durch den Sonnenuntergang erhellten Zimmer nackt zu ihm zu gehen, ohne eine Chance darauf, meine Problemzonen zu kaschieren, ist ein merkwürdiges Gefühl. Doch in Gabriels Blick liegt nichts als Bewunderung.

„Die Sonne ist gleich weg. Soll ich den Kamin anwerfen?", fragt er und schaut mich dabei von oben bis unten an.

„Ja, bitte!", sage ich, auch wenn meine harten Nippel nichts mit der aufkommenden Kälte zu tun haben.

Bevor er sich von mir abwenden kann, lege ich eine Hand auf seinen Brustkorb und spüre seinen Herzschlag. So lebendig.

Gabriel hebt die Kamera hoch und schaut auf das kleine Display auf der Rückseite. Nachdem er ein paar Einstellungen vorgenommen hat, macht er Aufnahmen von meinem Gesicht. Zufrieden legt er die Kamera wieder auf den Couchtisch und dreht sich zum Kamin. Er stapelt ein paar Holzscheite aufeinander und zündet sie an. Die Gelegenheit ist perfekt. Ich habe keine Ahnung, ob es mit diesen Einstellungen etwas werden kann, nehme aber trotzdem die noch eingeschaltete Kamera wieder vom Tisch und richte sie auf Gabriels Rücken. Nur kurz spannt er sich an, als er das Geräusch des Auslösers hört, doch dann macht er einfach weiter und lässt mich probieren. Ich schieße einige Fotos, obwohl ich nicht einschätzen kann, wie das Ergebnis ausfällt.

Innerhalb kurzer Zeit hat er ein prasselndes Feuer entfacht, das den Raum mit einer angenehmen Wärme erfüllt.

Lächelnd nimmt er meine Hand und führt mich zur Couch. Ich setze mich hin und will ihn neben mich ziehen, doch er bleibt vor mir stehen. Seine geöffnete Hose ist direkt auf Höhe meines Kopfes. Ich glaube nicht, dass er diesen Moment beabsichtigt hat, doch jetzt breitet sich ein laszives Grinsen auf seinem Gesicht aus. Unwillkürlich lecke ich mir über die Lippen, warte jedoch darauf, dass er redet.

Das tut er zwar nicht, dafür zeigt er mir aber deutlich, was er gerne möchte. Er zieht seine Hose zusammen mit der Boxershorts gerade weit genug herunter, um seinen schon leicht geschwollenen Schwanz freizulassen. Mit dem Blick auf meine Lippen fixiert, nimmt er ihn in die Hand und massiert seine Länge in der Faust. Der Anblick lässt mich unweigerlich meine Schenkel zusammenpressen, doch Gabriel teilt sie mit seinem Knie und tritt noch näher an mich heran.

„Ich will deinen Mund, Helena", sagt er mit rauer Stimme und dem extremsten französischen Akzent, den ich bislang von ihm gehört habe. Meine Scham pulsiert unter seinen Worten. Ich werde einen Fleck auf der Couch hinterlassen, wenn ich noch länger auf dieser Stelle sitze.

Gabriel greift hinter sich nach der Kamera und ich nutze den Moment, ihn an den Hüften zu packen und seinen Schwanz in den Mund zu nehmen, doch ich ziehe mich direkt wieder zurück, als mir klar wird, was er tun will.

Gequält keucht er auf und sieht verwirrt zu mir runter. Mein Blick auf den Apparat in seiner Hand beantwortet seine Frage.

„Helena", seufzt er und legt eine Hand auf meine Wange. „Wir schauen die Fotos anschließend zusammen durch und alles, was dir zu viel ist, oder wo du zu eindeutig zu erkennen bist, wird sofort gelöscht."

Mit einem Nicken nehme ich seine Antwort zur Kenntnis und umfasse ihn mit einer Hand, um meine Zunge über um die Spitze kreisen zu lassen. Gabriels Oberschenkel beginnen zu zittern und nur mit großer Mühe schafft er es, die Kamera einzuschalten.

„Das ist ... Mon Dieu ..." Mit der freien Hand greift er an meinen Hinterkopf und nimmt mir damit jede Chance, mich zurückzuziehen. Doch das möchte ich auch gar nicht. Von seinem Geschmack kann ich nicht genug bekommen. Gierig bearbeite ich ihn mit meiner Zunge und meinen Lippen. Den

Auslöser der Kamera versuche ich auszublenden. Ich bezweifle auch, dass Gabriel die Kamera noch lange konzentriert bedienen kann, denn als ich seine Hoden mit der Hand sanft massiere, beschleunigt sich sein Atem doch hörbar.

„Helena!“, keucht er. „Du musst damit aufhören. Sonst komme ich in deinem Mund.“

Alleine seine Worte bringen meinen Kitzler zum Pochen. Ich lasse mich von seiner Warnung nicht beeindrucken und mache einfach weiter, doch Gabriel ist damit nicht einverstanden. Sanft und doch mit spürbaren Nachdruck schiebt er mich weg.

„Nicht jetzt. Ich bin noch nicht fertig mit dir.“ Immer noch hat er die Kamera in Hand und hebt sie jetzt vor sein Gesicht, um mich abzulichten.

In dieser Position.

Mit seinem harten Schwanz vor mir.

Wieder befeuchte ich mit der Zunge meine Lippen und versuche nicht zu sehr darüber nachzudenken, wie pornografisch diese Bilder werden.

„Komm zu mir“, sage ich und nehme ihm den Fotoapparat aus der Hand.

Gabriel streift sich hastig die Hose ab und lässt sich dann in die Polster sinken. Ich nutze die Gelegenheit und mache ein Bild von ihm, in seiner ganzen Pracht. Sein Grinsen und der selbstverständliche Griff an seinen Ständer lassen auf wenig Scham vor der Kamera schließen. Allerdings nur, solange es nicht um seinen Rücken geht.

„Du bist doch nur selbstsicher, weil meine Bilder ohnehin nichts werden.“

„Das werden wir sehen.“ Er setzt sich auf und dreht sich mit dem Rücken zu mir. Jetzt ist er entspannt, nicht wie beim ersten Bild vor dem Kamin.

Langsam fahre ich die Flügel des Raben nach. Gabriel zittert leicht unter meiner Berührung. Meine Hand auf seinem Rücken, auf seinem bedeutungsvollen Tattoo, das gefällt mir. Also mach ich davon ein Foto. Nur dieses eine. Mehr brauche ich nicht.

Vorsichtig lege ich die Kamera auf den Tisch und setze mich mit gespreizten Beinen hinter Gabriel. Er will meine Hände nehmen, aber ich benötige sie, um jeden Millimeter seines Raben zu streicheln. Doch das ist noch nicht genug, darum lasse ich meine Lippen folgen. Zwar stößt er inzwischen Laute aus, die an ein Wimmern erinnern, doch er scheint es zu genießen. So sehr, dass er schließlich beginnt, sich selbst zu streicheln.

Ich spüre nur die Bewegung seines Arms und so sehr mich die Vorstellung erregt, mir anzusehen, was er dort gerade macht, wage ich es nicht, den Moment zu stören. Vielleicht bilde ich mir auch zu viel ein, aber ich hoffe, Gabriel hiermit eine positivere Bedeutung für sein Tattoo zu verschaffen.

„Ich will ein Tattoo von dir", flüstere ich an seiner Schulter. Mit dem Gedanken spiele ich schon länger, aber es auszusprechen, habe ich bis jetzt noch nicht gewagt.

Gabriel stöhnt auf und kommt über seine Hand und seinen Bauch. Auch eine angebrachte Reaktion auf meinen Wunsch.

„Wenn ich gewusst hätte, dass dich der Gedanke anmacht, hätte ich es dir schon vorher gesagt." Grinsend küsse ich seinen Rücken.

„Das hat mich genauso überrascht." Kopfschüttelnd greift er nach einer Packung Taschentücher auf dem Tisch und dreht den Kopf zu mir, um mich zu küssen, bevor er sich abwischt. Achtlos schmeißt er die benutzten Tücher auf den Boden und dreht sich dann zu mir. Er kniet sich zwischen meine Schenkel und sieht zu mir herunter. Ohne den Blick von ihm zu lassen, lege ich mich auf den Rücken.

„Was hättest du denn gerne?", fragt er und streichelt über meinen Bauch. Ich bin mir ziemlich sicher, dass er die Feuchtigkeit in meiner Spalte hervorragend sehen kann. Der Anblick seines immer noch halbsteifen Schwanzes macht mir den Mund wässrig.

„Jetzt nur dich. Alles andere können wir später bereden."

„Ich bräuchte noch einen Moment." Ein verlegenes Lächeln umspielt seine Lippen.

„Das ist okay", sage ich und schiebe eine Hand zwischen meine Schenkel.

Er versucht gelassen zu bleiben, doch seine Pupillen weiten sich für eine Sekunde sichtbar, als ihm bewusst wird, was ich tue. Eigentlich rechne ich damit, dass er meine Hand beiseite drückt und den Job für mich übernimmt, doch er hat eine andere Idee. Meine Reaktion beobachtend nimmt er wieder die Kamera hoch.

„Ist das in Ordnung für dich?", fragt er. „Ich will dein Gesicht fotografieren, wenn du kommst. Du bist atemberaubend in diesem Moment."

Bei niemandem sonst würde ich das zulassen, doch ich vertraue ihm. Trotzdem muss ich meine Augen schließen, um mich ausreichend konzentrieren zu können. In einer routinierten Bewegung umkreise ich meinen Kitzler.

Gabriel streichelt über die Innenseiten meiner Oberschenkel. Zwar ist er nie grob mit mir, aber er fasst mich auch nicht an, als wäre ich aus Zucker. Und das ist so gut, so erregend. Sanft knetet er die empfindliche Haut, nur wenige Zentimeter vor meinen Schamlippen. Gerne würde ich ihn jetzt in mir spüren.

In einer heißen Welle überflutet mich die Erinnerung an das letzte Mal. Als ich ihn ohne jede Barriere gespürt habe. Meine

Nippel ziehen sich so hart zusammen, dass es beinahe schmerzhaft ist.

Immerzu massiere ich meinen Kitzler in wechselnder Geschwindigkeit und höre Gabriel über mir stöhnen. Obwohl er gerade erst gekommen ist, scheint er schon wieder seinen Schwanz in der Hand zu haben. Ich versuche einen kurzen Blick zu riskieren, doch die ersten Wogen meines Höhepunkts berauben mich jeglicher Kontrolle.

Ein letztes Mal nehme ich den Auslöser der Kamera wahr, dann legt er sie auf dem Tisch ab. Mein Rücken biegt sich unter den Krämpfen durch und meine Beine zittern. Wimmernd und hilflos öffne ich die Augen und sehe gerade noch wie Gabriel auf meinem Bauch und Venushügel kommt.

Das Gefühl seines warmen Ergusses auf meiner Haut und sein Keuchen fachen meine eigentlich schon wieder abflachende Erregung ein zweites Mal an und lassen nahtlos einen weiteren Höhepunkt folgen.

Nach Luft ringend lässt er sich neben mich fallen. Ich kann es nicht verhindern und muss Grinsen.

Er macht mich glücklich, einfach nur weil er da ist. Weil er Gabriel ist.

So sehr ich es verhindern wollte und auf einer gewissen Ebene immer noch will, bin ich auf dem besten Wege mich in ihn zu verlieben. Nicht bloß eine Schwärmerei oder ein oberflächliches Verliebtsein.

Er geht mir unter die Haut und ich bin machtlos, es zu verhindern.

28.

Es gab eine Zeit, da war ich froh um jede Stunde, die ich bei der Arbeit verbringen konnte. Das hat sich in den letzten Wochen komplett gewandelt. Jetzt kann ich es nicht erwarten, nach Hause zu kommen und Gabriel wiederzusehen. Ich will nicht darüber nachdenken, wie sehr ich mein Glück schon wieder von der Anwesenheit eines Kerls abhängig mache.

Als ich den Wagen vor dem Haus auf meinem Stellplatz parke, steht Gabriel mit Markus vor dem Shop und zieht an einer Zigarette. Das ist neu. Ich habe ihn noch nie rauchen gesehen.

Eigentlich will ich ihm nur zuwinken und erst einmal in meine Wohnung gehen, um nicht allzu sehr wie eine Klette zu wirken, doch er ruft mich zu sich herüber.

„Was ist los?“, frage ich und schaue auf den Glimmstängel zwischen seinen Fingern. Statt einer Antwort zieht er mich mit einem Arm an sich. Er reicht Markus die brennende Zigarette und sieht zu mir runter.

„Lust auf ein Tattoo?“, fragt er. „Ich hätte gerade zwei Stunden Zeit, weil ein Termin kurzfristig ausgefallen ist.“

Ich glaube, mir wird schlecht.

„Ist das dein Ernst?“ Meiner ist es schon, aber ein wenig Vorbereitungszeit wäre gut. Oder auch nicht. Ich weiß es selbst nicht.

„Wenn du es willst.“ Plötzlich spüre ich seine Lippen ganz nah an meinem Ohr. „Aber es wird sehr schwer, dich währenddessen nicht über meine Liege zu beugen und meinen harten Schwanz in deine Pussy zu schieben.“ Der Gedanke, mich zu tätowieren, scheint ihn ganz verrückt zu machen.

Dirty Talk ist eine Sache, aber Dirty Talk mit einem schweren französischen Akzent bringt mich fast um den Verstand.

„Sprich so weiter und ich werde nichts tun, um dich davon abzuhalten."

Markus macht ein angewidertes Geräusch. „Widerlich. Immer diese verliebten Paare." Mit einem genervten Stöhnen drückt er die Glastür hinter sich auf und verschwindet wieder im Shop.

Ich würde mich schämen, wenn ich nicht wüsste, dass er mit seiner Frau kein Stück besser ist.

„Sind wir ein verliebtes Paar?", fragt Gabriel und bemüht sich deutlich, nicht zu viel Emotion in diese Frage zu legen.

Er sollte keine Fragen stellen, die ich weder beantworten kann noch will.

„Lass uns reingehen. Du hast ja auch nicht ewig Zeit."

Irgendwann wird der Tag kommen, an dem er mich hasst. Wenn ich so weitermache, dann wird es nicht mehr lange dauern.

Die größte Überraschung für Gabriel ist, dass ich die Sache tatsächlich durchziehen will und dass ich ein Motiv habe, welches ich schon seit einer Weile in meinem Portemonnaie mit mir herumtrage.

„Erzähl mir davon", bittet er mich, während er die Konturen auf meine Hüfte überträgt. „Was bedeutet es für dich?"

„Es ist ein Bild aus „Der kleine Prinz". Wo die Blume dem Prinzen sagt, dass ihr die Tiger mit ihren Krallen nichts anhaben können. Schließlich hat sie ja Dornen."

„Ah, „*Le Petit Prince*". Ich erinnere mich dunkel. Meine Mutter liebt das Buch und hat es mir als Kind ein paar Mal vorgelesen. Letztendlich ging es doch darum, dass sie sich mutig gezeigt hat, vor einer nicht existenten Gefahr, aber dafür Angst hatte, von einem kleinen Windhauch entwurzelt zu werden oder in der Kälte der Nacht zu erfrieren. Richtig?"

Er hat ein gutes Erinnerungsvermögen.

„Du bist gut. Ich liebe das Buch und ich war mal kurz davor, eine französische Erstausgabe bei Ebay zu ersteigern. Bei 3.000 Euro bin ich dann aber doch abgesprungen."

So gerne würde ich ihn jetzt küssen, aber dann verderbe ich nachher noch seine ganze Arbeit.

„Das ist eine Menge Geld. Dir muss das Buch sehr wichtig sein."

Es erinnert mich an eine unschuldigere Zeit, aber das klingt zu kitschig, um es laut auszusprechen.

„Ist es. Wann fängst du denn endlich an?"

„Vor fünf Minuten schon, wenn ich nicht so nervös wäre."

„Na super. Soll mir das jetzt Mut machen? Ich wische mir schon die ganze Zeit meine feuchten Handflächen an der Hose ab."

Gabriel drückt mir einen Kuss auf den Bauch, direkt unter dem Nabel, und zieht meine Hose noch ein Stück herunter.

„Vertrau mir", sagt er. „Wenn ich Angst hätte, dass meine Hände zittern, dann würde ich es sofort abbrechen. Kannst du dich hier auf den Stuhl setzen? Da kann ich besser arbeiten." Er reicht mir eine Hand, um mir hochzuhelfen und mich auf dem Monstrum in der Mitte des Raumen zu platzieren. Wären da noch Fußstützen dran, dann käme ich mir vor wie beim Gynäkologen.

„Willst du eine Farbe für die Rose oder alles Schwarz?" Er ist total angespannt, aber ich spüre, dass er das unbedingt tun will. Vielleicht ist es vergleichbar mit einem Chirurgen, der einen Angehörigen operieren muss. Wobei er mich hier natürlich so schnell nicht umbringen kann, aber das Gefühl ist sicher ähnlich.

„Alles in Schwarz bitte."

Ich lege die Arme hinter den Kopf und versuche einen gelassenen Eindruck zu machen. Wie gut, dass ich nicht zu verschwitzten Achseln neige.

Gabriel streift sich gerade die Handschuhe über, als Sam in den Raum prescht. Erschrocken weicht er zurück, als er sieht, dass ich es bin, die mit heruntergelassener Hose vor Gabriel liegt.

„Sorry, Lena. Ich wusste nicht, dass du hier bist. Ich komm später wieder."

So ganz verstehe ich den Unterschied nicht, wenn er eigentlich davon ausgegangen ist, dass Gabriel eine fremde Klientin hat. Offenbar ist es unproblematischer, fremde Frauen nackt anzuschauen, im Gegensatz zu der Freundin eines Kollegen.

Da ist es wieder, das Wort: Freundin.

„Ist schon okay, Sam. Es macht mir nichts aus."

Sein stummer Austausch mit Gabriel spricht Bände. Es geht nicht um mich. Gabriel hat ein Problem damit. Darum ist er auch nervös. Für ihn ist es höchst intim, mich zu tätowieren. Andere Frauen und Männer sind nur Kundschaft, doch wenn er mir ein Tattoo verpasst, dann hat er mich vermutlich als die seine markiert. Männer ...

Wahrscheinlich war seine Zigarette vorhin zur Nervenberuhigung gedacht. Obwohl ich selber schon lange nicht mehr rauche, brauche ich das ab und an auch noch mal.

„Ich wollte nur fragen, ob er einen Termin für mich übernehmen kann, aber das hat sich jetzt erledigt." Sofort will er wieder die Tür hinter sich schließen, doch ich halte ihn noch zurück.

„Ist Emma schon aufgeregt? Wegen der Lesung nächste Woche?", frage ich, während Gabriel sein Arbeitsmaterial vorbereitet.

„Sehr. Sie denkt, ich würde es nicht merken, aber sie steht

jeden Morgen noch eine Stunde vor Mila auf, nur damit sie das Lautlesen üben kann, ohne dass ihr jemand zuhört oder sie unterbricht. Dabei macht sie das gut. Sie ist hauptsächlich nervös, weil sie Angst davor hat, wie der Genrewechsel ankommt."

„Hast du den neuen Roman schon gelesen?"

Gabriel unterdrückt ein genervtes Stöhnen, doch Sam entgeht es nicht.

„Ja, natürlich. Ich finde ihn großartig. Es ist immer noch ihr Stil, wenn auch ernster und natürlich weniger heiß. Aber ich muss jetzt los", sagt er mit einem Blick auf den Mann neben mir. „Wir sehen uns, Lena."

„Bis spätestens nächste Woche bei der Lesung."

Hörbar atmet Gabriel neben mir auf.

„Was war das denn?", frage ich. „Ich habe nicht den Eindruck, dass ihr euch sonst so anstellt. Ist es, weil Sam meinen Slip sehen konnte?"

„Nein, es ist, weil ich jetzt endlich loslegen will UND! weil er dein Höschen sehen konnte. Außerdem ist das mein Moment mit dir. Wir stören uns nicht, wenn wir unseren Frauen frische Tinte verpassen."

„Bin ich deine Frau?", frage ich. Die Antwort will ich eigentlich gar nicht hören.

„Nein, bist du nicht, Helena. Nicht, solange du mich nicht näher an dich ranlässt."

Natürlich spürt er, dass ich mich immer noch zurückhalte. Ich gebe mir wirklich Mühe, aber so tief sitzende Angewohnheiten legt man nicht leicht ab.

29.

Mit einem zufriedenen Lächeln stehe ich vor dem großen Spiegel in meinem Schlafzimmer und betrachte das frische Tattoo. Drei Tage ist es jetzt her und ich kann immer noch nicht fassen, dass ich es tatsächlich getan habe. Nur daran zu denken, verursacht mir ein Kribbeln bis in die Zehenspitzen.

Gabriel liegt ziemlich entspannt und sehr nackt auf meinem Bett und beobachtet mich.

„Das sieht schon richtig gut aus, Helena. Ich kann es nicht erwarten, wenn ich dich endlich wieder überall küssen kann."

Natürlich nimmt er die Pflege meiner frischen Tätowierung sehr genau und auch selbst in die Hand. Jeden Morgen und Abend säubert und cremt er die Haut an meiner Hüfte. Zwar besteht er auf Abstinenz für ein paar Tage, aber gestern Abend ist sein Mund dann doch in meinen Schoß gewandert, nachdem er seinen Job erledigt hatte.

Sicher, wir kennen uns nicht lange, dennoch fasziniert es mich immer noch, dass er mich nach wie vor sehr will und es auch ohne falsche Scham zeigt. Das habe ich bisher nicht genießen dürfen, und es fühlt sich verdammt gut an. Vor allem, weil es mir genauso geht und ich meine Finger nicht von ihm lassen kann. Er macht mich süchtig.

Seine untere Körperhälfte wird nur von einem dünnen Bettlaken bedeckt. Es ist einfach zu heiß, um unter einer schwereren Decke zu schlafen. Deswegen sehe ich ziemlich genau die Konturen seiner Morgenlatte. Auch er bemerkt meinen Blick und lockt mich mit dem Zeigefinger zu sich.

„Du weißt, dass ich keine Zeit habe. Ich muss zur Arbeit."

„Ich lass dich gehen. Aber bitte komm trotzdem kurz her. Ich muss dir etwas zuflüstern."

Wir sind alleine, er kann auch laut reden. Niemand außer mir wird es hören. Aber wie könnte ich dieser Bitte und der Aussicht auf ein paar schmutzige Worte widerstehen?

Über das zerwühlte Bett krabbele ich zu ihm und schmiege mich an seine Seite, denn wenn ich mich auf ihn setze, dann komme ich auf jeden Fall zu spät.

Gabriel schlingt die Arme um mich und legt seine Lippen an meine Ohrmuschel.

„Nach meinem letzten Termin heute Abend möchte ich gerne ... mit dir essen gehen."

Scheißkerl.

Lachend versuche ich ihn von mir zu schieben, doch er hält mich weiter fest umklammert.

„Anschließend werde ich dich mit zu mir nehmen. Und dort werden wir uns darüber unterhalten, wie wir die Verhütung anders regeln können. Ich muss unbedingt wieder in dir sein, ohne einen Gummi zwischen uns." Sein Schwanz pulsiert und zuckt sichtbar unter dem Laken. „Ich kann dir nicht nah genug sein, Helena. Und diese Dinger sind auf Dauer keine gute Alternative."

Wer hätte gedacht, dass mich eine Verhütungsansprache dermaßen aufheizen könnte?

„Okay", antworte ich mit rauer Stimme und mache gedanklich schon mal einen Termin bei meiner Frauenärztin.

„Das willst du doch auch, oder?"

Ihm so nah sein, wie es nur geht? Alles spüren, wenn er in mir kommt? Muss ich darauf wirklich antworten?

Die Sommerferien haben vor zwei Wochen begonnen und das bedeutet sehr langweilige Arbeitstage. Zeitweise erscheint Mönchengladbach wie eine Geisterstadt. Es ist, als hätte jeder, der nur die Möglichkeit hat, die Flucht ergriffen. Ich mag diese Zeit. Keine Schlangen an Supermarktkassen und kein Verkehrschaos auf dem Weg zur Arbeit.

Steffi wartet vor der Tür auf mich, als ich mit einem Karton voller Flyer für Emmas Lesung aus dem Auto aussteige.

„Guten Morgen", sage ich. „Würdest du bitte aufschließen? Ich komme an meinen Schlüssel nicht dran. Oh, und kannst du auch meine Stempelkarte hinten aus meiner Hosentasche ziehen?"

Mit einem anzüglichen Wackeln der Augenbrauen greift sie an meinen Hintern und zieht die Karte aus meiner Gesäßtasche.

„Guten Morgen", flüstert sie mit aufreizender Stimme an meiner Wange.

„Kannst du mal aufhören", lache ich. „Sonst nehme ich dir das noch ab und muss dir eine Abfuhr erteilen. Es würde mir das Herz brechen."

„Das wäre wirklich eine Schande. Aber woher soll ich wissen, dass es nicht dein Ding ist? Wo du dich doch beharrlich weigerst, mir deinen Freund vorzustellen."

Sie schließt die Tür auf und stempelt für uns beide.

„Ich habe keinen Freund." Er ist mehr als das. Wesentlich mehr.

„Ist er hässlich? Passt er durch keine Tür? Hat er ein Triefauge?"

„Du bist komplett irre. Nein, er ist nichts von dem. Aber ich will ihn noch ein wenig behalten und nicht mit der Meute hier verschrecken."

Nachdenklich betrachtet sie mich von der Seite und drückt mir schließlich ganz überraschend einen Kuss auf die Wange.

„Ich freu mich für dich, dass du wieder jemanden gefunden hast. Aber du solltest ihn bei unserer nächsten Kneipentour mitbringen. Vor allem würden wir dich da auch gerne noch mal sehen. In den letzten Wochen sieht man dich nur noch hier und dann kannst du es kaum erwarten nach Hause zu kommen."

So ist es, wenn man etwas hat, worauf man sich freut. Aber das ist mir ja schon mal passiert. In dem Fall hat mich jedoch ziemlich schnell nur noch das Pflichtgefühl und nicht die Vorfreude nach Hause getrieben hat.

Nachdem mir in den letzten zwei Stunden meines Arbeitstages die Sonne in den Rücken gebrannt hat, bin ich bereit für mein klimatisiertes Auto und eine Dusche. Die Jalousie am Fenster hinter dem Informationstresen ist defekt und der Hausmeister hat natürlich auch Urlaub. Die Vertretung aus der Stadtverwaltung schafft es leider erst morgen, zu uns herüber zu kommen und jetzt fürchte ich, dass ich mir einen ziemlich bösen Sonnenbrand im Nacken eingefangen habe. Kein normaler Mensch schützt sich schließlich mit Sonnencreme, wenn er in geschlossenen Räumen arbeitet.

„Fahr ruhig nach Hause, Mausi. Ich schließ für dich ab." Steffi legt mir eine kalte Hand auf die Schulter. Sie kommt gerade aus dem Archiv, das nur ein paar kleine Fenster kurz unter der Decke hat und bei dem Wetter angenehm kühl ist.

„Gabriel will gleich mit mir Essen gehen, aber bei dem Wetter ist mir nicht danach, irgendetwas Heißes zu mir zu nehmen." Außer vielleicht seinen ...

„Gabriel heißt er also." Natürlich klammert sie sich sofort an diese kleine Info, aber das war ja auch meine Absicht. Wenn ich ihr gar nichts gebe, dann habe ich bald keine Freundin mehr, falls es das ist, was wir sind.

„Ja, Gabriel heißt er."

Ich nehme meine Handtasche aus der untersten Schublade meines Schreibtischs und suche darin meinen Autoschlüssel.

„Ist er heiß?“

Da sich gerade Kunden in der Nähe befinden, wartet sie mit völlig neutraler Miene auf meine Antwort.

„Er ist respektvoll, höflich und weiß, wie man sich in Gesellschaft benimmt.“ Steffi sieht enttäuscht und gelangweilt zu mir. „Oh, und er ist tätowiert, groß und durchtrainiert. Außerdem hat er Wimpern, für die jede Frau Geld bezahlen würde und eine Zunge, für die die meisten Frauen das Gleiche tun würden. Von dem französischen Akzent will ich erst gar nicht anfangen.“

Natürlich sage ich das gerade laut genug, damit Steffi es noch versteht.
Der treten fast die Augen aus den Höhlen.

„Und den enthältst du uns vor? Das ist nicht fair, Lena. Nächstes Wochenende muss er mitkommen, sonst nehme ich es persönlich. Das Prachtstück muss ich mir genauer anschauen.“

Ich kann es mir lebhaft vorstellen, wie meine anderen Kolleginnen und auch der ein oder andere Kollege Gabriel mit unauffälligen Blicken inspizieren. Nicht, solange ich es vermeiden kann. Mein armer Gabriel.

30.

Ich bin froh, dass ich mich doch noch von Gabriel zu einem Essen habe überreden lassen. Ein Biergarten im Schatten des Schlossparks, der auch eine große Auswahl an Salaten anbietet, ist jetzt genau das Richtige. Während wir uns bei einem Weizenbier gegenüber sitzen, wird mir klar, dass wir so etwas bisher noch nie zusammen gemacht haben. Abgesehen von unserem missglückten Date im Coffeeshop haben wir eigentlich noch nicht viel außerhalb unserer Wohnungen gemacht. Auch wenn es keine bewusste Entscheidung war, ist mir schon klar, warum ich es bis jetzt nicht vorgeschlagen habe.

Miteinander Zeit zu verbringen und auch Sex zu haben ist zwar schon ernst, aber solange man sich nicht gemeinsam in der Öffentlichkeit zeigt, kann man immer noch behaupten, man wäre nie zusammen gewesen. Das ist zwar naive Schulmädchenlogik, aber manchmal weiß man sich eben nicht anders zu helfen.

„Geht es dir gut, schöne Frau?“ Gabriel legt eine Hand auf meine und sieht mich über seine Sonnenbrille hinweg an. Ich weiß auch nicht, wie ich je denken konnte, es wäre keine gute Idee, mich mit diesem Mann zu zeigen.

„Es geht mir sehr gut.“ Ich habe nur immer noch große Angst, dass dieser Zustand nicht von Dauer ist.

„Darf ich deine Eltern kennenlernen?“

Auf die Frage habe ich schon lange gewartet und trotzdem weiß ich nicht, was ich darauf antworten soll.

„Bald“, sage ich. Es ist nichts als eine Hinhaltetaktik. Auch wenn meine Eltern inzwischen von Gabriel wissen, bin ich noch nicht so weit.

„Kann ich dich wenigstens als meine Freundin bezeichnen,

ohne dass du jedes Mal zusammenzuckst?“

„Ich hasse den Begriff. Wir sind keine Teenager mehr.“

„Was dann? Wie soll ich es denn klarmachen, dass du zu mir gehörst?“

„Brauchst du dafür wirklich einen Stempel? Wir verbringen fast jede freie Minute miteinander. Du weißt mehr von mir als jeder andere und umgekehrt ist es vermutlich ähnlich. Ich weiß nicht, was du von mir willst.“

Wir streiten nicht, zumindest nicht lautstark. Dennoch regt mich dieses Gespräch mehr auf, als ich mir eingestehen möchte.

„Dann ... dann ...“, stammelt er. „Fahr nach Paris mit mir. Im Herbst. Wir versuchen ein paar Tage gemeinsam freizubekommen und dann zeig ich dir den Teil von Frankreich, der für mich nicht mit schlechten Erinnerungen behaftet ist. Gib mir irgendwas, das weiter entfernt ist als das nächste Wochenende, Helena.“

„Okay. Paris. Im Herbst. Nur wir beide. Das hört sich gut an.“

Ich wäre wahnsinnig, so ein Angebot von meinem sexy Halbfranzosen abzulehnen.

„Dann steht es fest. Ohne triftigen Grund kommst du da nicht mehr raus. Das ist dann mein Geschenk zu deinem Geburtstag im Oktober.“

Mein Dreißigster. Den ich eigentlich ignorieren wollte.

„Woher weißt du, wann ich Geburtstag habe?“

„Ich habe meine Wege“, antwortet er verschwörerisch.

So schwer kann es nicht gewesen sein, schließlich verstecke ich meine Sachen nicht vor ihm und irgendwo wird er darüber gestolpert sein.

Unsere Pläne für einen netten Abend werden von einem

verzweifelten Sam unterbrochen, der mit Mila vor Gabriels Haustür wartet, als wir aus dem Biergarten zurückkommen.

„Was ist los?“, frage ich besorgt.

„Ist was passiert?“, kommt es von Gabriel, der mir vom Auto aus folgt.

Sam schaukelt seine Tochter auf dem Arm und sucht nach den richtigen Worten.

„Es ist nichts passiert, aber ich könnte eure Hilfe brauchen. Nur für heute Nacht.“

Mila streckt ihre kleinen Speckärmchen nach Gabriel aus, der sie auch gleich entgegennimmt.

„Was können wir tun? Ist Emma krank?“, frage ich.

„Nein, ihr geht es gut. Also den Umständen entsprechend. Sie hat sich in diese ganze Sache mit der Lesung so reingesteigert, dass sie überhaupt nicht mehr runterkommt. Ich muss was tun, sonst könnt ihr die Lesung am Mittwoch knicken.“

„Willst du hier schlafen, kleine Maus?“, höre ich Gabriel neben mir mit Mila flirten. Ich muss wirklich zweimal hinschauen, um dieses irreale Bild zu verarbeiten. Zwar hab ich ihn vorher schon mit Kindern erlebt, aber nie so eng. Und vor allem hätte ich nicht geglaubt, dass er spontan seine Babysitterdienste anbietet.

„Ich würde nicht fragen, wenn es anders ginge. Meine Eltern und Emmas Mutter sind im Urlaub und bei Markus und Nadine liegen die Zwillinge schon wieder mit einer Magen-Darm-Grippe flach.“

Auch wenn er vorher nach anderen Alternativen gesucht hat, Sam vertraut Gabriel bedingungslos sein Kind an und das sagt mir alles, was ich über diesen Mann wissen muss.

„Mach dir keinen Kopf, Sam. Wir kommen hier wunderbar klar.“ Mila quietscht vor Vergnügen, weil Gabriel sie am Bauch kitzelt. „Hast du ihre Sachen im Auto?“

„Ja, natürlich. Auch das Reisebett. Genug Milch und Windeln bis morgen Mittag. Ist das wirklich in Ordnung? Ich will euch nicht den Abend verderben."

„Machst du Witze? Wie könnte so ein Sonnenschein irgendetwas verderben?" Ich folge ihm zum Wagen, wo er mir ihre Wickeltasche reicht und selbst das zusammengeklappte Bett aus dem Kofferraum wuchtet.

Gabriel ist mit Mila bereits im Haus verschwunden und auf die Suche nach *Hund* gegangen.

„Du siehst überrumpelt aus", sagt Sam, bevor wir den beiden nach drinnen folgen.

„Überrumpelt nicht, aber schon überrascht. Wir hatten vor kurzem eine, nun ja, unangenehme Auseinandersetzung bezüglich Familienplanung. Aus dem Grund verwundert es mich, dass er so etwas spontan macht."

Sam stellt das Bett neben sich ab und legt mir eine Hand auf den Arm. „Gabriel ist ein guter Kerl, Lena. Ich weiß, dass er eine Vorgeschichte mit seinem Vater hat, auch wenn ich die Details nicht kenne. Gib ihm Zeit. Dann wird er es irgendwann ganz von selbst sehen."

„Was meinst du damit?"

„Dass er nicht wie sein Vater ist und dass es bei ihm liegt, einen anderen Weg einzuschlagen. Er liebt Kinder und er hat nicht einen gewalttätigen Knochen im Leib."

„Das weiß ich, Sam. Sonst wäre ich nicht hier." Das Thema bleibt kompliziert, weil ich ja selbst noch nicht mal weiß, ob ich mir Kinder vorstellen kann.

Ich halte Sam die Tür auf und er geht an mir vorbei, um das Bett abzustellen. Gabriel tanzt mit Mila durchs Zimmer und ist zufrieden mit sich und der Welt. Wenn ich es nicht besser wüsste, dann würde ich sagen, dass mir der Anblick ein ganz neues Ziehen im Unterleib verursacht, welches nicht nur durch bloße Erregung zu begründen ist.

„Ihre Sachen sind alle in der Tasche, mit einer genauen Anleitung für die Zubereitung der Milchflaschen. Außerdem ihr Kuscheltier und das Babyfon. Ich hab sie gerade im Auto noch gefüttert, also braucht sie jetzt erst mal nichts. Wenn sie weint, dann kann sie einen Schnuller nehmen, aber sie soll ihn nicht ständig haben. Ich hab euch vorsichtshalber noch alle Telefonnummern ..."

„Alter!", unterbricht ihn Gabriel mit einem genervten Seufzen. „Jetzt gib deiner Tochter zum Abschied einen Kuss und dann sieh zu, dass du dich um deine Frau kümmerst. Wir wissen doch alle, welche Art von Ablenkung für sie ansteht. Also hau schon ab."

Irritiert aber auch leicht amüsiert sehe ich zu Gabriel, denn bisher habe ich ihn so nicht reden gehört. Zumindest hat er niemanden in meiner Gegenwart als „Alter" betitelt. Aber wer weiß schon, wie es zur Sache geht, wenn Männer unter sich sind. Eigentlich will ich das gar nicht wissen.

Mit schwerem Schritt geht Sam zu Mila und nimmt sie noch einmal auf den Arm. Obwohl sie noch klein ist und es ganz sicher nicht versteht, nimmt er sich die Zeit ihr einige Worte ins Ohr zu flüstern, denen sie mit großer Spannung folgt. Schließlich drückt er ihr einen Kuss auf die Wange und überreicht sie wieder Gabriel.

Zum Abschied bekomme ich auch eine Umarmung und einen Wangenkuss, der mich ziemlich in Verlegenheit bringt. Sam ist nicht zu verachten, auch wenn er für mich bei Weitem nicht an Gabriel herankommt.

„Bye, bye", winkt Gabriel mit Milas kleiner Hand aus dem Hintergrund. Sam winkt zurück und schließt nur schweren Herzens die Haustür hinter sich.

„Also ...", setze ich an, als ich mich zu den beiden umdrehe, sehe jedoch im letzten Moment, wie er Mila über seinem Kopf „fliegen“ lässt und sie prompt den Inhalt ihrer letzten Milchflasche auf ihn erbricht. In seine Haare, seinen Kragen und seinem Gesichtsausdruck nach zu urteilen auch einen Teil in seinen Mund.

„Beweg dich nicht, ich hol ein Handtuch“, sage ich und laufe zum Badezimmer.

Auf der Suche nach sauberen Handtüchern bemerke ich einen Frotteehaufen hinter der Toilette. Bei jedem anderen Kerl würde es mich nicht unbedingt wundern, aber Gabriel hält seinen Haushalt doch erstaunlich gut in Schuss für einen Penisträger.

Noch merkwürdiger wird es, als sich der Haufen bewegt und daraus ein ganz klägliches Fiepen erklingt. Ganz vorsichtig wage ich einen Blick, jederzeit bereit, bei einer eventuellen Attacke zurückzuweichen.

„Sag mal, Gabriel“, rufe ich über meine Schulter. „Du warst dir aber ganz sicher, dass *Hund* ein Kater ist, oder?“

31.

Zwölf Stunden später sitzen wir nach einer Nacht mit nahezu keinem Schlaf gemeinsam mit Mila am Frühstückstisch. Die süße Mila hat uns allerdings nicht wachgehalten. Nachdem ich Gabriel und sie wieder gesäubert habe, hat sie sich zum Glück völlig problemlos in ihrem Reisebett ins Schlafzimmer legen lassen, während wir uns mit *Hund* und vier frischgeborenen Kätzchen die Nacht um die Ohren geschlagen haben.

Somit hat sich der Grund für *Hunds* plötzliche Gewichtszunahme zwar ohne Tierarzt geklärt, dafür aber gleich einen Haufen Arbeit mit sich gebracht.

„Und nun?", frage ich grinsend, immer noch fassungslos von den Ereignissen des letzten Abends. Gabriels Gesichtsausdruck, als Mila in angekotzt hat, war einfach unbezahlbar.

„Sam und Emma müssten jeden Moment kommen, um ihren kleinen Wonneproppen wieder einzusammeln, dann werden wir noch mal nach der fruchtbaren Katerkatze schauen und danach schlage ich eine Dusche vor. Anschließend würde ich dich gerne noch für ein wenig Sex und Schlaf in mein Bett holen."

Mila ist zufrieden auf seinem Arm. Ihre Milchflasche hält sie inzwischen selbst und schaut mit großen Augen zu Gabriel hoch, während er mit mir spricht und gedankenverloren durch ihre dunklen Locken streicht.

„Was ist los?", fragt er, als ich nicht reagiere. „Langweile ich dich? Bist du mit offenen Augen eingeschlafen."

Ich schüttele den Kopf. Meine nächsten Worte sind nicht gut durchdacht, aber ich meine sie ehrlich und aus tiefstem Herzen.

„Nur für einen Moment, Gabriel. Denk nur für einen Moment darüber nach, wie dein Vater am gestrigen Abend reagiert hätte. Von dem Moment, wo Sam hier mit Mila aufgeschlagen ist, bis zu der Katzenüberraschung."

Ich kann sehen, wie er sich anspannt, doch meine Worte dringen schnell zu ihm durch.

„Er hätte Mila von vornherein gar nicht hier haben wollen. Er hätte sie auch nie auf den Arm genommen. Wenn diese Umstände doch zustande gekommen wären, dann will ich mir gar nicht ausmalen, was passiert wäre, wenn er von ihr vollgespuckt worden wäre."

Die Vorstellung lässt mir einen eiskalten Schauer über den Rücken laufen.

„Du bist nicht wie er. Du hast keinen Hass in dir, Gabriel. Im Gegenteil, du hast so viel Liebe für die Menschen in deinem Umfeld, dass es mir die Tränen in die Augen treibt. Ich beneide dich darum, dass du weiterhin dein Herz öffnen kannst."

Mit schief gelegtem Kopf schaut er mich an und versucht es mit einem gequälten Lächeln. In dem Moment klopft es an der Haustür. Sichtbar erleichtert, dass er darauf nichts mehr sagen muss, geht er mit Mila auf dem Arm ins Wohnzimmer, um Emma und Sam reinzulassen.

Hund und ihre vier Babys haben einen provisorischen Platz in einer Kiste vor dem Kamin bekommen. Gerade hoch genug, damit keines von den kleinen Monstern unbeaufsichtigt auf Wanderschaft geht, aber nicht so hoch, dass *Hund*, trotz geschwollener Milchdrüsen, noch problemlos über den Rand steigen kann.

Es ist schwer, sich von den fiependen Fellmonstern zu trennen und ihnen nicht den ganzen Tag zuzusehen, wie sie mit noch geschlossenen Augen übereinander robben. *Hund* ist auf einmal zu einer tiefenentspannten Katze geworden, die aber auch großes Vertrauen hat, wenn Gabriel ihre Babys sortiert, damit auch alle genug trinken.

„Was machst du mit ihnen, wenn sie alt genug sind, um sie abzugeben?“, frage ich von meinem Beobachtungsposten auf dem Boden. Gabriel sitzt auf der Couch und tippt konzentriert auf seinem Smartphone herum. „Du wirst sie doch nicht alle behalten, oder?“

„Nein, auf keinen Fall. Maximal einen würde ich hier halten, aber alles andere ist zu viel. Vielleicht frage ich mal beim Tierarzt, den ich ja nun doch kontaktieren sollte. Und sei es nur, um *Hund* zu sterilisieren, damit das nicht noch mal passiert.“

„Was ist, wenn ich eine nehmen wollte?“

Gabriel legt sein Handy auf den Tisch und setzt sich neben mich auf den Boden.

„Halte ich für keine gute Idee“, sagt er und küsst mich auf den nackten Oberarm.

Beleidigt schiebe ich die Unterlippe vor. „Und warum nicht? Glaubst du, ich könnte mich nicht um eine Katze kümmern.“

„Das meine ich nicht, *mon chouchou*. Es wäre mir nur lieber, wenn du dich hier um sie kümmern würdest. Du bist ja doch mehr bei mir als ich bei dir und wenn du eine zu dir nimmst, dann kostet uns das ungemein viel gemeinsame Zeit, denn gerade am Anfang kannst du sie nicht lange alleine lassen.“

Natürlich hat er nicht ganz Unrecht, das würde uns viel Zeit nehmen. Zudem muss ich mir eingestehen, dass ich mich bei ihm sehr wohl fühle, wohler als in meiner eigenen Wohnung.

Für ihn ist es klar, dass wir möglichst viel Zeit miteinander verbringen. Seine Selbstverständlichkeit ist ansteckend und nimmt mir eine Menge meiner Skepsis, die ihren Ursprung in einem Gefühl hat, das Sebastian mir erfolgreich eingepflanzt hat. Das Gefühl, nur noch geduldet zu sein, nachdem man nicht mehr das junge, naive Spielzeug für ihn ist. Gabriel sieht mich nicht von diesem Standpunkt, das hat er noch nie.

„Du hast recht. Es ist wirklich keine gute Idee. Das heißt aber auch, dass du mich jetzt noch öfter am Hals hast."

„Von mir hörst du keine Klagen. Ganz im Gegenteil. Für mich ist jede Nacht, die du nicht bei mir bist, verschwendete Zeit."

Für mich bedeutet jede Nacht ohne ihn vor allem keinen Schlaf, aber das ist ja fast dasselbe.

Mit nacktem Oberkörper steht Gabriel am Waschbecken und zieht ein um die andere Bahn mit dem Nassrasierer über seine Kinnpartie. Ich hocke mit angezogenen Knien auf dem geschlossenen Toilettendeckel und benötige einen Moment, um zu verstehen, was er da tut. Dieses Mal stutzt er nicht nur die Länge und säubert die Konturen, er rasiert alles ab.

„Was machst du da?", rufe ich schockiert und springe sofort auf.

„Wonach sieht es denn aus?"

Ich bin kurz davor, ihm den Rasierer aus der Hand zu nehmen.

„Warum?" Er hätte mich ja wenigstens vorwarnen können.

„Mir ist gerade danach." Mit halb rasiertem Gesicht dreht er sich zu mir und sieht mich herausfordernd an.

„Ich kenne dich ohne Bart nicht."

„Keine Sorge, ich bin dann immer noch derselbe, nur sehe ich nicht mehr allzu sehr wie mein Vater aus."

Keine Ahnung, wo dieser Anflug von Selbsthass gerade herkommt, denn bis vor wenigen Minuten schien er noch allerbester Laune zu sein.

Ich weiß nicht, was ich sagen soll, also schlinge ich von hinten meine Arme um ihn und beobachte über seine Schulter, wie sein Gesicht allmählich glatt und für mich vorerst etwas fremd wird. Wir sind beide bei Weitem noch nicht geheilt, so stark Gabriel sich auch gerne geben möchte.

32.

Ich sehe es ihr an. Emma ist ein Wrack. Sie tritt von einem Bein auf das andere und wartet nur darauf, dass Steffi die Tür aufschließt und die Gäste ihrer Lesung einlässt. Dabei sieht sie eher aus, als wollte sie jeden Moment flüchten.

Mit Absicht haben wir den Termin eine Stunde nach unserer abendlichen Schließzeit gelegt, denn während der normalen Öffnung wären wir dem Andrang nicht Herr geworden.

Normalerweise sind diese Veranstaltungen bei uns gratis und ohne vorherige Anmeldung möglich, aber bei Emma mussten wir Karten verkaufen, alleine schon um einen zu großen Auflauf ihrer Fans zu verhindern.

„Wo ist Sam?“, frage ich zaghaft, um sie nicht noch mehr aus der Ruhe zu bringen. Ich weiß, dass er eigentlich nur noch Mila zu seinen Eltern bringen und dann sofort hierher fahren wollte. Das war vor über zwei Stunden.

„Keine Ahnung“, sagt sie und kaut nervös auf der Innenseite ihrer Wange. „Er müsste jeden Augenblick hier sein.“

Genauso wie Gabriel, der auch kommen wollte. Markus hält die Stellung im Shop, aber er wollte die Gelegenheit nutzen, unauffällig meinen Arbeitsplatz abzuchecken und natürlich auch Emma bei ihrer Lesung zu unterstützen. Bis vor drei Tagen war sie sich noch absolut sicher, dass bestimmt niemand kommt und sie dann alleine hier sitzt. Schließlich musste ich ihr die Abrechnung für den Vorverkauf zeigen, damit sie mir glaubt, dass sie nicht alleine bleiben wird.

Jetzt muss ich nur einen Blick aus dem Fenster werfen und sehe schon die Schlange, die sich am Eingang gebildet hat. Selbst der heftige Regenfall hält sie nicht davon ab, tapfer auf Einlass zu warten. Einhundert Karten sind weggegangen und wir hätten noch wesentlich mehr verkaufen können, wenn wir mehr Platz gehabt hätten.

Alle Gäste sitzen und warten gespannt auf Emma, die sich in unserer Teeküche verkriecht. Unsere Männer sind immer noch nicht hier und inzwischen bin ich richtig angepisst. Emma ist kurz davor in Tränen auszubrechen, weil Sam es scheinbar nicht für nötig hält, hier aufzutauchen. Mehrfach hat sie versucht ihn anzurufen und Nachrichten zu schreiben, aber er reagiert nicht.

„Hast du es mal bei seinen Eltern versucht?", frage ich und versuche wirklich, mich nicht zu sehr über Gabriels Fernbleiben aufzuregen, aber es gelingt mir nicht.

„Hab ich. Mila ist da und er ist vor etwa anderthalb Stunden dort schon weggefahren. Ich weiß, dass er noch kurz nach Hause wollte, um sein Motorrad zu holen."

„Es regnet draußen", sage ich verwundert. „Warum kommt er nicht mit dem Auto?"

„Ich weiß", seufzt Emma. „Aber er versucht, jede Gelegenheit ohne Mila zu nutzen, um damit zu fahren."

Auch ich versuche zum wiederholten Male, Gabriel zu erreichen, doch immer noch erfolglos. Ich hasse das, denn ich will nicht diejenige sein, die ihm hinterhertelefoniert, wenn er sich spontan entschlossen hat, doch Besseres zu tun zu haben. Trotzig schalte ich mein Handy auf lautlos und schiebe es in meine Hosentasche.

„Es geht kein Weg daran vorbei, Emma. Du musst jetzt raus", sage ich und zeige zur Tür.

„Ich weiß", antwortet sie leise seufzend. Sie versucht die Fassung zu bewahren, obwohl ihr Mann nicht da ist. Es tut mir leid für sie und macht mich unglaublich wütend auf Sam. Und Gabriel. Letztendlich bestätigt es sich doch wieder.

Wenn man die Männer braucht, dann sind sie nicht da.

Emma steht die Lesung und die anschließende Signierstunde durch, ohne sich etwas anmerken zu lassen. Natürlich spüre ich ihre Anspannung, aber ich denke nicht, dass ihre Fans etwas wahrgenommen haben.

„Wo sind die beiden?", fragt sie schließlich mit deutlicher Verzweiflung, als auch der Letzte die Bücherei verlassen hat. „Das ist überhaupt nicht Sams Art. Ich hab ein ganz schlechtes Gefühl." Sie zieht ihr Handy aus der Hosentasche und wählt erneut seine Nummer, doch keine Reaktion. Auch mein Telefon bleibt stumm.

In dem Moment sehe ich Markus, der den Weg zur Tür hochläuft und mit ziemlich bleicher Miene an die Eingangstür klopft. Emma stößt einen gequälten Laut aus, als sie ihn entdeckt. Irgendetwas ist ganz furchtbar falsch hier, aber ich kann es noch nicht greifen.

Bevor ich die Tür erreiche, kommt Steffi schon von der Seite und lässt ihn rein.

„Was ist passiert?", ruft Emma und fällt ihm dabei fast in die Arme.

„Sam hatte einen Unfall mit dem Motorrad. Er ist auf der nassen Fahrbahn weggerutscht." Traurig sieht er zu mir, bevor er weiter spricht. „Gabriel saß hinter ihm."

Oh Gott. Nicht schon wieder. Es ist schon wieder passiert.

„In welches Krankenhaus sind sie gebracht worden?", fragt Emma weinend. Markus' Verhalten lässt keinen Zweifel zu, dass die beiden das nicht unverletzt überstanden haben.

„Sam war wach, als der Rettungswagen kam. Er konnte nur seinen Arm nicht bewegen. Gabriel hat es schlimmer erwischt. Sie konnten ihn aber schnell stabilisieren und in die Notaufnahme bringen. Mehr weiß ich im Augenblick auch nicht."

Ich muss mich daran erinnern zu atmen. All das habe ich schon mal erlebt.

Irgendwer hilft mir in meine Jacke. Ich glaube, es ist Markus. Steffi drückt mir meine Tasche in die Hand und versichert mir, dass sie sich um die Aufräumarbeiten kümmert.

Wie betäubt folge ich Emma und Markus zum Auto.

Dana ist da. Und Nadine. Ich weiß nicht genau, in welchem Teil des Krankenhauses wir uns befinden. Ich kann nicht klar denken. Niemand spricht mit mir, aber ich bin auch außerstande nachzufragen. Weil ich Angst vor der Antwort habe.

Mein Leben scheint um zwei Jahre zurückgespult. Diese unglaubliche Wut auf Sebastian und dann die Nachricht von seinem Unfall. Doch jetzt ist es Gabriel. Mein Gabriel.

Dana beobachtet mich von der anderen Seite des Raumes und erbarmt sich schließlich, zu mir zu kommen.

„Was ist mit ihm?", frage ich mit dünner Stimme. „Wo ist er?" Ist er tot? Aber dann würde sie doch sicher weinen.

„Er wird gerade operiert. Bei dem Unfall hat ihm ein herumfliegendes Kunststoffteil durch die Hose geschnitten und seine Beinschlagader verletzt. Mehr weiß ich im Augenblick auch nicht."

Sie weint nicht, aber ihre Hände zittern stark, auch wenn sie versucht, es zu verbergen.

„Nicht schon wieder", murmele ich vor mich hin.

„Liebst du meinen Sohn, Lena?"

Nur daran zu denken, dass ich ihn vielleicht nie wieder sehe, zerreißt mich innerlich.

„Wahrscheinlich", antworte ich mit einem verbitterten Lachen. „Sonst wäre mir das hier egal." So egal wie Sebastians Tod.

Es ist nicht meine Absicht, ihr gegenüber schnippisch zu sein, aber ich kann mir einfach nicht helfen. Ich habe versucht, mich emotional nicht wieder angreifbar zu machen, und trotzdem ist es passiert.

„Komm mit“, fordert sie und zieht mich vom Stuhl hoch. Wahrscheinlich will sie mich rausschmeißen, weil ich nicht gut genug für ihren Sohn bin und ich kann sie sogar verstehen.

Anstandslos lasse ich mich nach draußen schieben, wo Dana mich auf eine der vielen Parkbänke unter dem Vordach des Krankenhauses platziert. Sie atmet erst ein paar Mal tief durch, bevor sie sich neben mich setzt.

„Du weißt, was mit meinem Mann passiert ist“, stellt sie fest.

„Gabriel hat es mir erzählt.“ Fast verschlucke ich mich an seinem Namen und verstehe Sekunden später, dass es ein unterdrückter Schluchzer war.

„Ich versuche, nicht wütend zu sein, Lena. Wirklich, ich mag dich. Und ich sehe, dass du gut bist für meinen Sohn. Aber ich sehe auch, welches Potenzial du hast, ihm das Herz zu brechen.“

„Das ist nicht meine Absicht.“

„Dann, verdammt noch mal, komm wieder auf die Füße. Ich sage es dir noch mal und ich bin eine der wenigen Personen, die das Recht hat, so mit dir zu sprechen: Du weißt, wie mein Mann war und was ich über Jahre ertragen habe. Du weißt, was Gabriel für mich getan hat. Mit dieser Schuld lebe ich jeden Tag. Aber ich weigere mich, mich davon auffressen zu lassen. Ich habe ein fantastisches Kind großgezogen, ich habe einen Beruf, der mich glücklich macht und ich habe ein Dach über dem Kopf. All diese Dinge machen mich glücklich. Die Vergangenheit hat keine Macht mehr über meine Gegenwart. Ich weiß, dass deine Geschichte anders ist. Sei nicht sauer auf ihn, aber Gabriel hat es mir erzählt. Nach all der Zeit musst du deiner Vergangenheit die Macht entziehen, sonst gehst du mit ihr unter. Du weißt, dass du deinen Mann nicht getötet hast, unabhängig von den Gefühlen, die du ihm gegenüber zu der Zeit gehegt hast. Du weißt, dass es nicht deine Schuld ist. Tief in dir drin weißt du es."

Mein Verstand stimmt ihr zu, doch mein Herz kommt da nur schwer hinterher. Natürlich hat sie recht, mit jedem Wort.

Erst als sie mir ein Taschentuch reicht, merke ich, dass ich wie ein Schlosshund heule.

„Es ist okay, Lena." Liebevoll streichelt sie über meine Schulter. „Ich weiß selbst am besten, wie schwer es ist, so eine Sache loszulassen, wenn man sich einmal für lange Jahre darin verbissen hat. Aber lass dir dadurch nicht dein Leben verderben. Gabriel und du, ihr seid ein tolles Paar, und auch wenn es wahrscheinlich ein wenig anders rüberkommt, ich wünsche mir das für meinen Sohn. Vielleicht sind es gerade diese Schatten, die euch zusammengebracht haben, aber deshalb solltet ihr euch nicht von ihnen wieder trennen lassen."

Sie hat recht. Mit jedem einzelnen Wort. Es wäre unrealistisch zu glauben, dass ein Vorkommnis alles wieder gut macht, aber ihre Perspektive der Dinge bewegt ein Umdenken bei mir.

„Kannst du nachfragen, wie es ihm geht? Ich denke nicht, dass die Ärzte mit mir reden werden."

Dana sieht mich misstrauisch an. Vermutlich überlegt sie, ob ich ihr überhaupt zugehört habe, doch meine verheulten Augen sprechen Bände.

„Lass uns zusammen gehen", sagt sie und nimmt meine Hand.

33.

Er ist noch nicht wach, aber laut Aussage des Chirurgen ist alles gut gelaufen. Nur in einem OP-Hemd und mit einer kratzigen Krankenhausdecke bedeckt, liegt er in einem ansonsten noch unbelegten Doppelzimmer. Ich hocke mit angezogenen Knien in einem Stuhl vor seinem Bett und kaue an meinem Daumennagel. Dana sitzt neben ihm auf dem Bettrand und hält seine Hand.

So gerne ich ihn auch berühren möchte, ich kann es gerade nicht. Nach meiner völlig unangebrachten Wut auf ihn, habe ich nicht das Recht dazu. Außerdem befindet sich in seiner anderen Hand ein venöser Zugang und ich will ihm einfach nicht noch mehr wehtun. Er wird schon genug Schmerzen haben, wenn die Narkose nachlässt.

„Er wird wieder, Lena", sagt Dana lächelnd in meine Richtung. „Du kannst dich entspannen. Er hat es geschafft."

Das hat er und ich bin unendlich dankbar dafür. Wenn ich ihn verloren hätte, dann weiß ich nicht, was ich getan hätte.

Stöhnend bewegt er seinen Kopf in meine Richtung, als hätte er gespürt, wo ich bin, und öffnet träge die Augen. Doch noch ist er nicht richtig wach, weswegen seine Lider gleich wieder zu schwer werden und zufallen.

„Ich hätte es fast verbockt", flüstere ich zu mir selbst, aber Dana hört es natürlich.

Sie gibt ihrem Sohn einen Kuss auf die Schläfe und kommt dann zu mir. Leise zieht sie einen Stuhl ran und setzt sich neben mich.

„Darf ich dir von der traurigen Seite meines Berufs erzählen?", fragt sie.

„Natürlich."

„Manchmal sterben Babys noch vor der Geburt, manchmal währenddessen. Dafür gibt es oft keine greifbaren Gründe. Es passiert einfach. Ich hab solche Geburten auch schon begleitet und diesen Müttern ihre toten Babys in die Arme legen müssen. In der heutigen Zeit geschieht es nicht mehr oft, aber es ist nicht immer vermeidbar. Du kannst dir nicht vorstellen, welche Verwandlung mit diesen Frauen vor sich geht. Es zerbricht etwas Elementares in ihnen, dass in dem Moment, wo sie ihre Kinder wieder abgeben müssen, jedes Leben aus ihrem Blick erlischt. Es gibt nur eine Situation außerhalb davon, in der ich das gesehen habe. In meinem Sohn, an diesem einen Tag. Aber das ist jetzt nicht das Thema. Diese Frauen verlieren in dem Moment einen Teil von sich, den ihnen niemals jemand zurückgeben kann. Und weißt du, was dann passiert? Ein oder zwei Jahre später sitzen sie wieder vor mir, ängstlich, aber schwanger. Trotz dieses erlebten Albtraums haben sie es in sich, neu zu starten und einen weiteren Versuch zu wagen. Sie schaffen es, den ganzen Schmerz der Vergangenheit hinter sich zu lassen, um sich ihren größten Wunsch zu erfüllen. Sie gehen das Risiko ein, wieder verletzt zu werden, um glücklich zu sein."

Schon wieder heule ich. Eigentlich möchte ich mich nur an Gabriels Seite zusammenrollen und schlafen.

Dana will gerade weiterreden, als Emma die Tür einen Spalt öffnet und vorsichtig um die Ecke schaut. „Ist er schon wach?", fragt sie.

„Noch nicht ganz", sagt Dana. „Aber er kommt langsam zu sich. Kommt rein."

Da erst sehe ich Sam hinter ihr. Er hat einen Arm in Gips und eine genähte Platzwunde auf der Stirn. Es kostet mich unglaubliche Anstrengung, nicht aufzuspringen und ihm einen Kinnhaken zu verpassen. Meine Blicke gleichen offenbar

Giftpfeilen, denn Emma stellt sich sofort schützend vor ihn, was an und für sich ein sehr lustiges Bild wäre, wenn die Situation nicht noch so angespannt wäre.

Bevor ich nur ein Wort sagen kann, fährt Emma mich an. „Ein Wort, Lena, und du lernst mich von einer ganz anderen Seite kennen. Sam ist ein vernünftiger Fahrer und es war nicht seine Schuld."

Der grinst auf seine Frau runter und legt ihr den heilen Arm um die Schultern.

„Em, auf dich ist Verlass. Aber darf ich kurz mit Lena reden, ohne dass du dazwischen springst?"

„Ich wollte doch nur ...", schnappt sie empört nach Luft.

„Ich weiß, Mommy. Aber ich bin nicht Mila." Er küsst sie auf die Schläfe und kommt dann zu mir. Mit schmerzverzerrtem Gesicht versucht er, sich vor mir hinzuknien. Dana bietet ihm sofort ihren Platz an und stellt sich wieder ans Bett ihres Sohnes. Emma steht mit verschränkten Armen an der Tür und beobachtet genau, wie Sam sich neben mich setzt.

„Es war ein Unfall, Lena", sagt er und sucht meinen Blick. „Niemand hatte Schuld. Wenn überhaupt, dann die alte Schrottkarre vor uns."

„Was ist passiert?"

„Wir waren auf der Autobahn auf der Überholspur, aber ich war nicht zu schnell und ich habe mehr als genug Abstand gehalten."

„Es hat doch geregnet!", werfe ich ein, als würde ihm das jede Teilnahme am Straßenverkehr untersagen.

„Das weiß ich. Deswegen bin ich auch ausgerutscht. Der Typ vor mir hat seine Stoßstange verloren. Möglicherweise war sie von einem vorherigen Unfall schon locker. Das Ding ist dann voll in uns reingeflogen. Ich wollte noch ausweichen, aber da war es schon zu spät. Gabriel hat mit dem Oberschenkel genau darauf gebremst."

Ich darf mir nicht ausmalen, was noch hätte passieren können.

„Regnet es noch?", ertönt Gabriels raue Stimme aus dem Hintergrund. Er ist immer noch nicht ganz bei sich, aber das sind die besten drei Worte, die ich seit langem gehört habe. Es ist bezeichnend, wie uns der Regen in diesem Sommer verfolgt hat.

Dana ist direkt bei ihm und streichelt ihm über die Wange. „Nein, im Augenblick nicht. Hast du Schmerzen?"

„Helena?" Er reißt die Augen auf und sucht den Raum nach mir ab.

„Ich bin hier." Sofort stehe ich auf und gehe an die andere Seite des Krankenbettes.

„Ich hab von dir geträumt. Du hast geweint." Dabei grinst er wie ein Honigkuchenpferd. Was auch immer sie ihm gegeben haben, es scheint noch nachzuwirken.

Ganz nah beuge ich mich zu ihm runter, um ihm ins Ohr zu flüstern.

„Das hast du nicht geträumt. Ich hatte Angst, dich zu verlieren."

Als ich wieder hochkomme, sieht er mich mit einem nie dagewesenen Dackelblick an.

„Oh, nein. Das ist ja so traurig!", sagt er mit einer Kleinkindstimme und bringt damit jeden im Raum zum Lachen. Sofort werden seine Lider wieder schwer und er setzt zu einer neuen Runde Erholungsschlaf an.

„Er ist noch nie besonders gut aus einer Narkose wach geworden", erklärt Dana, immer noch lachend. „Als er mit 13 Jahren die Mandeln rausbekommen hat, musste ich ihn davon abhalten, jedem zu zeigen, dass er unter seinem OP-Hemdchen nichts trägt."

„Ach, Mama“, seufzt Gabriel mit geschlossenen Augen.

„Wir sollten ihn schlafen lassen“, sagt Dana und nimmt ihre Handtasche von der Fensterbank.

Sam stemmt sich mit Emmas Hilfe wieder vom Stuhl hoch und macht sich auf dem Weg zur Tür, doch ich bewege mich keinen Millimeter von Gabriel weg.

„Ich bleibe!“, sage ich bestimmt. Zur Untermalung meiner Aussage streife ich meine Schuhe ab. „Oh, und Sam ... Es tut mir leid, dass du verletzt bist und ich hoffe, deine Schmerzen sind nicht zu schlimm.“

Er nickt mir nur anerkennend zu. Ich versuche, kein zickiges Monster zu sein, und das ist doch schon ein guter Anfang.

Endlich kehrt Ruhe ein. Zwar rechne ich damit, dass die Nachtschwester mich rausschmeißen wird, aber darauf werde ich es erst einmal ankommen lassen.

Gabriel wird allmählich unruhig, auch wenn er immer wieder einschläft. Wahrscheinlich spürt er jetzt die Schmerzen.

Ich versuche, im Stuhl eine gemütliche Position zu finden, aber das ist aussichtslos. Gabriel scheint von meinem Gehampel wach zu werden.

„Komm her“, flüstert er und streckt einen Arm zu mir aus.

„Ich will dir nicht wehtun.“

„Du bist das beste Schmerzmittel, *mon chouchou*. Aber vorher würde ich gerne etwas trinken, wenn ich darf.“

Ich lasse ihn ein paar kleine Schlucke aus dem Strohhalmbecher nehmen und versuche dann, einen Platz neben ihm zu finden.

„Du wirst aber den Schwestern heute nicht deine nackte Pracht präsentieren, oder?“, frage ich, als ich eine halbwegs komfortable Position an seiner unverletzten, nicht verkabelten Seite gefunden habe.

„Das war nicht der Plan“, sagt er und leckt sich über die trockenen Lippen, um weitersprechen zu können. „Aber ich bin mir ziemlich sicher, dass die meisten der Damen schon alles gesehen haben oder in den nächsten Tagen noch sehen werden.“

„Davon kannst du ausgehen.“ Müde kuschele ich mich an seine Schulter und kann ein Gähnen nicht unterdrücken. „Kannst du dich an den Unfall erinnern?“, frage ich, denn erst jetzt fällt mir auf, dass er bisher keine einzige Frage darüber gestellt hat.

„Vage. Der Moment selbst war eine Überraschung, weil ich im Gegensatz zu Sam nicht richtig gesehen habe, was vor uns passiert. Aber ich habe gehört, was er dir vorhin erzählt hat. Das hat ein paar Puzzleteile zusammengebracht.“

„Was weißt du denn noch? Du musst nicht antworten, wenn du zu erschöpft bist.“

„Nein, schon okay.“ Er greift in meine Haare und drückt mich eng genug an sich, um schnuppern zu können. „Ich denke, Sam hat mir das Leben gerettet. Hast du nicht gesehen, wie blutverkrustet seine Fingernägel noch waren?“

„Nein, das ist mir nicht aufgefallen.“ Offenbar war er vorhin doch wacher, als wir dachten.

Nur der Gedanke an den Unfall schnürt mir die Kehle zu.

„Er hat die ganze Zeit die Wunde abgedrückt, bis der Notarzt kam. Ich hab eine Menge Blut verloren, darum bin ich irgendwann bewusstlos geworden, aber ohne Sam wäre ich verblutet.“

Und ich dumme Kuh wäre ihm fast ins Gesicht gesprungen.

„Warum bist du überhaupt mit ihm mitgefahren? Vor allem bei dem Wetter?“ Gabriel ist kein großer Fan von Fahrzeugen mit weniger als vier Rädern, deswegen verwundert mich das umso mehr.

„Der Bus ist nicht angesprungen, aber ich hatte auch keine Zeit mehr, nachzuschauen, was nicht stimmt. Ich wollte doch unbedingt dabei sein. Also hat Sam mich auf dem Weg eingesammelt."

„Ich muss dir was sagen, Gabriel." Das kann ich einfach nicht für mich behalten. Er muss es wissen.

„Du kannst mir alles erzählen, Helena. Weißt du das denn immer noch nicht?"

Doch, das weiß ich.

„Als du nicht gekommen bist, da war ich wütend auf dich. Und enttäuscht. Ich habe gedacht, dass du nur einer von den Schwätzern bist, der seine Freundin vergisst, sobald sich Interessanteres bietet. Und dann kommt Markus und erzählt von dem Unfall. Ich hab wirklich gedacht, die Vergangenheit wiederholt sich und dass es bei mir immer so sein wird."

„Was ist dann passiert?" Er bemüht sich, aber seine Aufmerksamkeit lässt nach und ihm fallen wieder die Augen zu.

„Nichts ist passiert, nicht wirklich. Nur deine Mutter. Sie hält ziemlich imponierende Ansprachen."

Gabriel lächelt.

„Sie sagt nicht oft etwas, aber wenn sie es tut, dann mit beeindruckender Präzision."

Und schon ist er wieder eingeschlafen. Es ist merkwürdig und ein wenig beängstigend ihn so zu sehen, denn unter normalen Umständen ist er nicht der Typ, der sich morgens noch dreimal die Decke über den Kopf zieht, sondern sofort aufsteht, wenn er wach ist. Natürlich sind die Umstände nicht vergleichbar, doch sie machen mir deutlich, wie verletzbar er ist und dass ich ihn heute fast verloren hätte.

34.

Mein Vater war kein großer Freund von Sebastian, er hat auch nie mehr Worte als unbedingt nötig mit ihm gewechselt. Ich habe es immer auf väterliche Eifersucht geschoben, aber wenn ich ihn jetzt mit Gabriel beobachte, dann bin ich mir da nicht mehr sicher. Die beiden haben sofort eine Verbindung und tausend Themen, über die sie sich austauschen können. Innerhalb weniger Minuten bin ich völlig abgeschrieben und das ist in dem Fall ein richtig gutes Gefühl.

Meine Eltern sind zu Gabriel gekommen, um sich eine von den kleinen Katzen auszusuchen. Bis vor einem halben Jahr hatten sie selbst noch eine Perserkatze, die aber leider einen Ausflug in den Straßenverkehr nicht überlebt hat. Meine Mutter hat seitdem immer wieder davon gesprochen, sich eine neue anzuschaffen und da habe ich natürlich gleich die Gelegenheit ergriffen, ihnen von *Hunds* überraschendem Wurf zu erzählen und ihnen gleichzeitig Gabriel vorzustellen.

Es ist einfach an der Zeit. Viel wichtiger ist allerdings, dass es sich richtig anfühlt. Ich kann nicht weiter so tun, als hätten wir auf Dauer keine Chance. Natürlich bin ich auch nicht naiv genug, zu glauben, dass es nicht doch noch schief gehen könnte. Das werde ich aber erst rausfinden, wenn ich es ausprobiere.

„Er scheint sehr nett zu sein", flüstert meine Mutter mir zu, während Gabriel und mein Vater in ein Gespräch übers Angeln vertieft sind. Ich wusste noch nicht mal, dass Gabriel sich fürs Angeln interessiert.

„Das ist er", sage ich lächelnd. Nach und nach reiche ich meiner Mutter die kleinen Kätzchen, die sie gründlich inspiziert. Dabei weiß ich genau, für welches sie sich entschieden hat. Schon beim Betreten des Hauses konnte sie ihre Augen nicht von dem einzigen Rotschopf des Wurfes abwenden.

„Möchtet ihr Kaffee oder kann ich euch etwas anderes anbieten?", fragt Gabriel in die Runde und versucht, sich mühsam von der Couch zu erheben. Meine Eltern haben ihm sofort das Du angeboten, was mich richtig überrascht hat.

„Bleib sitzen", sage ich und schiebe ihn zurück auf die Couch. „Wir machen das schon."

Der Unfall ist jetzt zwei Wochen her und er läuft noch auf Krücken. Es wird eine Weile dauern, bis er das Bein vollständig belasten darf, da neben der verletzten Beinschlagader auch sein Oberschenkelhals angebrochen ist.

„Und?", frage ich meine Mutter, als wir in der Küche alleine sind und auf den Kaffee warten. „Hast du dich entschieden, welche du nimmst?"

„Na, ich denke, das ist offensichtlich", sagt sie grinsend. Ganz plötzlich wird sie wieder ernst und zieht mich fest in ihre Arme. „Ich dachte, du wirst nie wieder glücklich. Aber jetzt scheinst du jemanden gefunden zu haben, der wirklich gut für dich ist." Sie schiebt mich wieder ein Stück von sich, um mich ansehen zu können. „Das ist er doch, Leni? Er ist doch gut zu dir?"

„Er ist verdammt gut zu mir, Mama." Und er hat die Geduld, abzuwarten, bis ich akzeptieren kann, dass ich dieses Glück verdient habe.

Mit dem Versprechen, ihr neues Familienmitglied abzuholen, sobald es alt genug ist, von *Hund* getrennt zu werden, verabschieden sich meine Eltern. Gabriel bleibt auf der Couch sitzen, während ich sie zur Tür bringe. Auch wenn er nicht jammert, sehe ich, dass er wieder Schmerzen hat.

„Was kann ich dir bringen?", frage ich, als ich die Haustür hinter meinen Eltern geschlossen habe. „Brauchst du noch eine Schmerztablette?"

„Jetzt noch nicht. Ich warte lieber bis zur Nacht, damit ich halbwegs schlafen kann. Die Dinger verursachen mir schon genug Magenschmerzen."

„Was dann? Hast du Hunger? Soll ich uns eine Pizza oder sowas bestellen?" Ich stelle mich hinter die Couch und fahre durch seinen lockigen Haarschopf. Meine Berührung genießend schließt er die Augen und legt den Kopf in den Nacken.

„Du musst nicht meine Krankenschwester spielen."

„Unsinn. Das mache ich gerne." Für ihn. Weil er es nicht als Selbstverständlichkeit sieht, obwohl es das eigentlich ist. Zumindest wenn man sich in einer intakten Beziehung befindet.

„Wenn du unbedingt was für mich tun willst, dann kannst du meine Kamera und den Laptop holen. Wir haben immer noch ein paar Bilder, die wir durchschauen müssen."

Das hatte ich im Stress der letzten Wochen schon völlig verdrängt.

„Ich bin mir nicht sicher, ob das eine gute Idee ist."

„Warum nicht, *mon chouchou*?"

Weil wir seit fast drei Wochen keinen Sex mehr hatten und weil ich das Gefühl habe, beim kleinsten Reiz zu explodieren. Da ist es vielleicht keine gute Idee, über unseren schmutzigen Fotos in Erinnerungen zu schwelgen.

„Ich will dir nicht wehtun", sage ich und zeige auf sein Bein. „Aber ich bin mir nicht sicher, ob ich mich zurückhalten kann, wenn wir uns das anschauen."

Gabriel grinst verschlagen und zieht mich zu einem Kuss herunter. Sobald sich unsere Lippen treffen und er meine Zunge mit seiner neckt, habe ich das Gefühl, mich nicht mehr aus eigener Kraft auf den Beinen halten zu können. Ja, wir haben uns geküsst nach seinem Unfall, aber wir haben uns beide immer schnell zurückgezogen, bevor es außer Kontrolle geraten konnte.

„Du fehlst mir“, seufze ich an seinem Mund.

„Ich bin hier, Helena. Ich bin immer hier. Du musst mich nicht vermissen.“

Es sind keine leeren Phrasen, wenn er so etwas sagt. Das ist auch der Grund, warum ich mir jetzt eingestehen kann, dass ich ihn liebe. Ich bin nicht bereit, es zu sagen. Noch nicht. Für den Augenblick ist das auch nicht wichtig, denn in meinem Inneren weiß ich es und das ich es zulassen kann, ist ein riesiger Schritt in die richtige Richtung.

Als ich mit der Kameratasche über der Schulter und dem Laptop in der Hand wieder ins Wohnzimmer komme, telefoniert er gerade mit Markus. Da Sam, mit seinem gebrochenen Arm, noch für eine Weile ausfällt, hat der arme Kerl jetzt mächtig Stress im Shop. Sam macht zwar noch die Terminplanung und Beratung, aber ein aktiver Tätowierer ist eindeutig zu wenig, bei dem Kundenstamm, den sie sich inzwischen aufgebaut haben.

Gestresst fährt Gabriel sich durch die Haare und den nicht vorhandenen Bart. Nach seiner Rasur hat er es beibehalten und nicht mehr als einen Dreitagebart stehen lassen. Der Anblick ist mir trotzdem manchmal noch fremd. Grundsätzlich bin ich kein Fan von Männern mit Bärten, aber zu ihm hat es gepasst.

„Ist alles in Ordnung?“, frage ich, als er das Gespräch beendet.

Er lässt das Telefon neben sich aufs Polster fallen und macht eine Bewegung zwischen Kopfschütteln und Nicken.

„Markus kann das nicht mehr alleine stemmen. Ich gehe morgen wieder zur Arbeit. Das hat ja keinen Sinn. Ich kann wenigstens meine Hände benutzen."

„Der Arzt hat dir aber davon abgeraten, das Bein jetzt schon voll zu belasten." Ich lege Laptop und Kamera auf den Tisch und setze mich neben ihn.

„Ich weiß. Aber ich kann meistens sitzen und Markus und Sam sind ja auch noch da."

„Das klingt nach einer lustigen Invalidenrunde. Soll ich euch eine Krankenschwester für die Tagesbetreuung bestellen?"

Gabriel sieht mich von der Seite an. „Nur wenn es eine scharfe Krankenschwester ist", sagt er mit todernster Miene. Doch seine Augen verraten deutlich, dass er mich nur triezen will.

„Und was würdest du mit ihr machen?", frage ich mit demselben Gesichtsausdruck.

„Nichts, solange du nicht planst, den Schwesterndienst zu übernehmen. Glaubst du, dass ich dir fremdgehen würde, sobald du mir nur den Rücken zudrehst?", fragt er und klappt den Laptop auf. Mit geübten Fingern zieht er die Speicherkarte aus der Kamera und steckt sie in den entsprechenden Steckplatz des Notebooks.

„Merkwürdigerweise nicht. Und dabei habe ich bisher noch nie jemanden erlebt, der seinen Charme bei Frauen so gekonnt einsetzt wie du."

Gabriel zieht die Stirn in Falten und sieht mich nachdenklich an.

„Siehst du mich wirklich so? Immer noch?"

„Inzwischen sehe ich, dass du dir dessen überhaupt nicht bewusst bist und dass du mit mir von Anfang an völlig anders umgegangen bist. Außerdem bist du nicht mehr so extrem, seit wir uns sehen."

„Es ist doch nicht meine Schuld, dass die Ladys meinen Akzent heiß finden. Ich bin nur freundlich", sagt er mit einem Zwinkern.

Er öffnet den Fotoordner und lässt damit unzählige kleine Voransichten unserer Bilder erscheinen. Eine Menge nackter Haut springt mich an, aber auch einige Profilaufnahmen von mir.

„Du warst wirklich fleißig", bemerke ich mit heiserer Stimme.

Gabriel lehnt sich zu mir und sucht meinen Mund, den ich ihm natürlich nicht verwehre.

„Wir", flüstert er zwischen zwei Küssen. „Wir waren fleißig."

Mit einem grummelnden Ton lässt er von mir ab und öffnet eine Diashow. Er versucht, den Computer auf dem Wohnzimmertisch abzustellen, doch sein Bein kommt ihm mal wieder in die Quere. So sehr er sich auch bemüht, seine Schmerzen zu verbergen, ich sehe es jedes Mal an den Rändern unter seinen Augen, wenn es schlimmer wird.

„Leg dein Bein hoch, ich gehe dir eine Tablette holen", sage ich und stelle die Diashow auf Pause, bevor auch nur das erste Foto gewechselt hat.

Natürlich kann ich ihn nicht zwingen, ein Schmerzmittel zu nehmen, aber dieses Mal macht er noch nicht mal den Versuch, es abzulehnen.

35.

Mit einem Stück Nusskuchen, den meine Mutter mitgebracht hat, und einem Glas Milch gehe ich zurück ins Wohnzimmer und stelle es vor ihm ab.

„Für deinen Magen", sage ich. „Iss erst was, dann bekommst du auch nicht so schnell Magenschmerzen." Ich nehme das Tablettenbriefchen aus meiner Hosentasche und drücke eine Tablette heraus, die ich für später auf den Tisch lege.

Gabriel beobachtet mich, ohne ein Wort zu sagen.

„Was ist?", frage ich. Aus dem Augenwinkel sehe ich, dass er die Diashow wieder gestartet hat. Sofort nimmt mich die ablaufende Bilderfolge gefangen. Fotos von mir. Meine Haare wirr um meinen Kopf ausgebreitet und meine Hände in meinem Schoß. Obwohl man nur mein Gesicht und meine nackten Schultern sieht, gibt es doch keinen Zweifel, was ich da gerade tue.

Wie betäubt lasse ich mich von Gabriel auf die Couch ziehen.

„Dieser Moment", sagt er. „Wenn du unter mir liegst und dich mir hingibst, das ist alles für mich. Es ist nicht der Sex, Helena. So bist du ein offenes Buch für mich. Ich kann alles sehen, was du mir sonst nicht zeigst."

Gebannt starre ich auf den kleinen Bildschirm. Auch wenn man ab und an mal einen Nippel blitzen sieht, die Bilder sind fantastisch.

Gabriels lockere Trainingshose, die er bevorzugt ohne Unterwäsche trägt, verbirgt nichts von seiner wachsenden Erregung.

Jetzt kommen Bilder, auf denen ich ihn mit dem Mund

verwöhne. Schon höre ich ihn neben mir aufstöhnen. Ich kann es verstehen, denn auch ich kann es immer noch spüren.

Zögerlich nimmt er meine Hand, aber nur um sie mit seiner zu verschränken. Er kann nicht ernsthaft glauben, dass das jetzt genug für mich ist. Ich nutze den weiten Bund der Hose und schiebe meine Finger darunter. Sofort komme ich in Kontakt mit seiner feuchten Eichel. Mit dem Daumen verteile ich die austretenden Lusttropfen und massiere ihn dann langsam in meiner Hand.

„Helena", stöhnt er. Mein Name, immer mein Name. So sehr ich ihn eigentlich nicht mag, so perfekt klingt er, wenn er von Gabriel ausgesprochen wird. Besonders in diesen Momenten.

Mit meiner Hand in seiner Hose schafft er es, sich das T-Shirt abzustreifen. Ich weiß nicht, ob ich zuerst ihn, oder unsere Bilder auf dem Computer ansehen soll.

„Zieh dich aus!", fordert er. Nur wenn ich weiß, dass er wenige Momente später in mir sein wird, akzeptiere ich solche Befehle. Und in keiner anderen Situation würde Gabriel jemals so mit mir reden.

Ich nehme meine Hand von seinem Schwanz, um aufzustehen und mir die Kleidung abzustreifen. Als ich meine Bluse aufknöpfe, packt Gabriel meine Hüften und zieht mich zwischen seine gespreizten Beine. Er verzieht das Gesicht, weil ihn in der Position diese verdammte Schiene drückt, doch er will unbedingt nah an mir sein. Ich helfe ihm, indem ich schnell meinen Rock und Slip abstreife und mich dann mit gespreizten Knien über sein gesundes Bein stelle.

„Wir brauchen noch ein Gummi", sage ich, denn ich möchte wirklich nicht im letzten Moment unterbrechen müssen.

Gabriel greift in die Tasche seiner Trainingshose und zieht eine Folienpackung hervor.

„Allzeit bereit?", frage ich mit einer hochgezogenen Augenbraue.

„Für dich immer, *mon chouchou.*" Seufzend legt er seine Wange an meinen Bauch und die Arme um meine Taille. „Bald können wir auf die Dinger verzichten. Nur noch ein paar Wochen."

Wegen der Bluttransfusion nach dem Unfall, muss er noch eine Weile warten, um einen zuverlässigen Bluttest machen zu können. Ich habe mich bereits vor ein paar Tagen testen lassen.

„Bist du sicher, dass das nicht zu viel ist? Ich will dir nicht wehtun."

„Helena, ich hab das Gefühl, ich sterbe, wenn ich dich nicht bald spüren darf. Drei Wochen sind wesentlich zu lang, vor allem wenn du dich jede Nacht im Schlaf an mir reibst. Das kann gar nicht zu viel sein."

„Ich will ...", setze ich an, doch es ist mir peinlich, das laut auszusprechen. Dabei stehe ich vor ihm und habe ihn, wo ich ihn haben will.

„Was willst du?" Als hätte er meine Gedanken gelesen, befeuchtet er seine Lippen.

„Deinen Mund."

Sanft streicht er mit der Nase über meinen Venushügel und atmet tief ein.

„Hier?", fragt er und drückt einen Kuss direkt über meine Spalte.

„Tiefer."

Ein weiterer Kuss, wenige Zentimeter tiefer, direkt auf meine geschwollenen Schamlippen.

„Hier?" Ganz kurz lässt er die Zunge vorschnellen und zwingt mich damit fast in die Knie.

„Bitte!", wimmere ich.

Erst jetzt merke ich, dass ich seinen Kopf halte, damit er nicht auf die Idee kommt, sich zurückzuziehen. Doch daran denkt er gar nicht. Stattdessen schafft er es, sich die Hose auf die Knie zu ziehen und das Kondom überzustreifen.

Nachdem er zweifellos bereit für mich ist, packt er meine Pobacken und zieht mich wieder an seine Lippen. Gabriel hat einen talentierten Mund, nicht nur wenn er spricht. Nur wenige Augenblicke mit seiner Zunge an meinem Kitzler und ich werde von einem explosiven Höhepunkt überrascht.

„Ich hätte schon viel eher etwas für dich tun können, wenn ich gewusst hätte, dass du so aufgeheizt bist." Mit einem selbstzufriedenen Grinsen schaut er zu mir auf.

Ich bin immer noch unsicher, wie ich es anstellen soll, ohne ihm wehzutun, doch er hat da weniger Bedenken. Er lässt sich einfach in die Couchkissen sinken und zieht mich gleich mit sich. Zum Glück sind seine Arme unverändert stark, denn so kann er mir helfen, mich auf seinen Schoß zu setzen, ohne sein verletztes Bein zu sehr zu beanspruchen.

Als ich endlich rittlings auf seinem Schoß sitze, beuge ich mich vor, um ihn zu küssen. Gabriel nimmt seine Hand zur Hilfe, um seinen Ständer ein paar Mal durch meine nasse Spalte gleiten zu lassen, bevor er in mich eindringt. Noch feucht von meinem ersten Höhepunkt, nehme ich ihn mühelos in mich auf.

„Helena, *mon Dieu …*", keucht er direkt neben meinem Ohr. „Das hat mir gefehlt."

Es fällt mir nicht leicht, die Augen aufzuhalten, aber ich muss ihn sehen. Sein Mund wandert über mein Schlüsselbein, während er mit den Händen auf meinem Po unsere Bewegungen kontrolliert. Ich spüre ihn so tief in mir, dass es schon fast schmerzt, aber nichts könnte mich jetzt von ihm trennen. Immer wieder versucht er, seine Hüften zu bewegen, um mir entgegen zu kommen, doch dabei tut er sich nur weh.

„Halt still“, sage ich und küsse seine Schläfe. „Ich mache das schon.“

Er seufzt meinen Namen, als wäre es das Einzige, womit er mich festhalten könnte. Ich bewege mich nur langsam, doch gerade das scheint es ihm noch schwerer zu machen, sich zurückzuhalten.

Zärtlich nehme ich sein Gesicht in meine Hände und suche seinen Blick. Jeden Millimeter seiner pulsierenden Länge spüre ich in mir.

„Komm, Gabriel. Ich will dich dabei sehen. Auch ohne Kamera.“

„Helena, ich ...“, stöhnt er an meinem Mund. Völlig unerwartet spüre ich die Anzeichen eines weiteren Höhepunkts, die auch ihm nicht verborgen bleiben, da ich bereits heftig um ihn zucke.

Ich finde seinen Mund und spüre seine Zunge an meiner. Das ist genug, um mich wimmernd auf ihm kommen zu lassen. Gabriels grober Griff in meinen Haarschopf und dass er plötzlich inne hält, zeigt deutlich, dass er in diesen süßen Krämpfen bei mir ist.

„Was wolltest du sagen?“, frage ich, noch außer Atem. Er schüttelt den Kopf und legt seine Stirn auf meiner Schulter ab.

„Nicht jetzt, Helena. Ich will nicht, dass du wieder vor mir flüchtest.“

„Es ist okay. Und noch zu früh. Aber ich laufe dir nicht weg. Nicht mehr.“

36.

Wenn man diese Stadt in Filmen oder auf Bildern sieht, dann scheint über alles ein Weichzeichner gelegt zu sein. Ich muss feststellen, dass Paris selbst einem dieses Objektiv übers Auge legt. Wir sind beide keine großen Romantiker, können aber nicht anders, als uns von der Stimmung dieser Stadt mitreißen zu lassen.

Im Sonnenuntergang haben wir den Aufstieg auf den Montmartre gewagt und sitzen jetzt am Fuße von Sacré-Cœur. Ich wärme meine Hände an einem Becher heißer Schokolade, während Gabriel damit beschäftigt ist, von der Basilika hinter uns Fotos zu machen.

„Was wollen wir morgen machen?“, frage ich und versuche seinen Blick zu erhaschen.

„Du wolltest die komplette Touristentour, als bekommst du sie“, sagt er und legt endlich die Kamera zurück in die Tasche. „Wir haben da noch das Moulin Rouge und den Eiffelturm wollten wir uns auch aus der Nähe ansehen.“ Er lässt sich neben mich auf unsere mitgebrachte Picknickdecke fallen und legt seinen Kopf in meinen Schoß.

„Den Eiffelturm würde ich mir gerne für den letzten Tag aufsparen, um noch einmal über die ganze Stadt schauen zu können, bevor wir wieder fahren müssen.“

Der Ausblick hier ist allerdings auch schon ziemlich spektakulär.

Auch wenn er keinen Ton sagt, bin ich mir ziemlich sicher, dass er erleichtert ist, wenn wir morgen einen Tag planen, an dem wir nicht viel laufen müssen. Sein Bein ist zwar vollständig verheilt, aber längere Belastung macht ihm immer noch zu schaffen.

„Also geht es morgen, zu deinem Geburtstag, ins Moulin Rouge. Wenn wir zurück im Hotel sind, reserviere ich die Karten für morgen Abend. Den Rest des Tages können wir uns im Bett vertreiben“, sagt er und wackelt anzüglich mit den Augenbrauen. „Wir bestellen uns Essen aufs Zimmer und ziehen uns nicht an, bis wir uns für den Abend fertig machen müssen.“

Sein Akzent ist seit dem Aufenthalt in Paris noch schwerer geworden, aber darüber werde ich mich sicher nicht beklagen. Auch wenn es nur mit wenig guten Erinnerungen behaftet ist, liebt Gabriel die Sprache, mit der er aufgewachsen ist. Es ist ein Fest, ihn mit Straßenhändlern verhandeln zu sehen oder einen Kellner zu überreden, uns einen besonders guten Tisch zu besorgen.

„Klingt nach einem Plan, den wir auf jeden Fall gleich starten sollten.“ Ich streiche über das kleine Stück Haut, das unter seiner hochgerutschten Jacke aufblitzt. Gabriel dreht den Kopf zur Seite und zieht meine Hose ein Stück runter, um seinen warmen Mund auf mein Tattoo zu pressen.

Meine Brustwarzen ziehen sich unter dem rauen Stoff meines Spitzen-BHs zusammen. So sehr mich jede Berührung von Gabriel auch erregt, jetzt trägt die Kälte einen großen Anteil dazu bei.

„Möchtest du essen gehen?“, fragt er an meinem Bauch und kitzelt mich dadurch mit seinem Bart.

Ja, der Bart ist wieder da. Natürlich darf er rumlaufen, wie er sich am wohlsten fühlt, aber ich konnte ihn überzeugen, dass er nicht annähernd wie sein Vater aussieht, selbst auf Fotos nicht. Ein paar Tage bin ich ihm mit meiner kleinen Digitalkamera hinterhergerannt und habe ein paar sehr schlechte Fotos von ihm gemacht. Aber sie zeigen ihn in allen Lebenslagen. Wie sanft er mit Mila umgeht und mit welchem Respekt er seine Mutter behandelt. Wie er lachend am Herd steht und für uns Pancakes macht, weil ich es geschafft habe, die Brötchen fürs Frühstück im Ofen zu verbrennen. Vielleicht gibt es Ähnlichkeiten, aber die werden vollständig durch sein liebevolles und entspanntes Wesen zunichte gemacht und haben keinerlei Bedeutung mehr. Er ist nicht sein Vater, sonst würde ich ihn nicht ...

„Gabriel?"

Besorgt sieht er zu mir auf.

„Ich liebe dich."

Sofort entspannt er sich in meinen Schoß und hebt den Kopf, um mir für einen Kuss entgegenzukommen.

„Das weiß ich doch, *mon chouchou.* Und das ist eine wirklich gute Sache, denn dich liebe ich schon lange."

In einem tiefen Seufzer entweicht alle Luft aus meiner Lunge und damit die Anspannung der letzten Jahre. Gabriel lächelt mich an und streichelt über meine Wange.

Es hat endlich aufgehört zu regnen.

<u>Über die Autorin:</u>

Melanie Hinz wurde 1980 in Mönchengladbach geboren und lebt noch heute mit ihrer Familie dort. Bücher waren immer ihre Leidenschaft und sind in jeder Ecke ihrer Wohnung zu finden. Neben ihrer Bücherliebe hat die Autorin eine Leidenschaft zu Tattoos, welche sich immer in irgendeiner Form in ihren Geschichten wiederfinden.

2388650R00134

Printed in Germany
by Amazon Distribution
GmbH, Leipzig